BALAS PERDIDAS

PAUL D. BRAZILL

TRADUCIDO POR
ENRIQUE LAURENTIN

ÍNDICE

Dedicado a Dorian, Daria, Mamá, Papá, Sandra, Sonia, Brian, Eric y a mis millones de sobrinos y sobrinas.

INTRODUCCIÓN

He tenido la suerte de que algunos de mis hilos se hayan publicado en Internet, en antologías, en revistas, e incluso me han publicado algunas colecciones.

Con este libro, sólo quería ofrecer a la gente una visión general de mi trabajo. Un poco como esos muestrarios punk que la prensa musical solía publicar en los años setenta, o como una colección de grandes éxitos. Así que échele un vistazo si le apetece. También hay una selección de relatos cortos y novelas de ficción para su deleite.

Algunas de estas historias han sido incluidas en otros libros en versiones ligeramente diferentes. **Hombre Solitario**, por ejemplo, forma parte de **DEAD-END JOBS: A HITMAN ANTHOLOGY**, editada por **Andy Rausch**. **Él Bebe tiene un Arma** está incluido en la antología **A TIME FOR VIOLENCE**, también editada por Andy Rausch, junto con Chris Roy. Placeres Desconocidos se incluyó en **Born Under a Bad Sign**, de Mark Slade.

Gracias a los editores y editoriales mencionados. Por supuesto, no debería pasar por alto a los muchos compositores, grupos y músicos cuyas melodías he robado para los títulos de los artículos. **Sex Pistols, The Only Ones, The Saints, Neil Diamond, The Only Ones, V2, Leonard Cohen, Joy Division** y **Fleetwood Mac**. Si he olvidado a alguien, pido disculpas. Échale la culpa a Caín, a Río o al boogie.

Muchas gracias por su tiempo.

Paul D. Brazill, Bydgoszcz 2022.

EL TUT

DESPUÉS DE SOPORTAR cuarenta y cinco años de un matrimonio que, en el mejor de los casos, era como vadear melaza, Oliver Beacock Robinson acabó por hartarse y asfixió a su mujer con el cojín de pana beige que había quemado accidentalmente con un cigarrillo dos días antes.

Oliver había sido, durante la mayor parte de su vida, un hombre templado y había sobrevivido al matrimonio sin sexo -su cocina incolora y sus vacaciones a medias- con un estoicismo que rayaba en la indiferencia. Pero su paciencia había llegado al límite por la constante desaprobación de Gloria de casi todo lo que hacía.

Y luego estaba el "tut".

El "tut" acompañaba invariablemente al ceño fruncido de Gloria cada vez que Oliver se servía una copa o fumaba un cigarrillo. Ella lo reprendía en voz alta si derramaba la sal. O decía palabrotas. O se quedaba hasta tarde viendo el billar. El tut, tut, tut era como el traqueteo de una ametralladora que parecía resonar en su casa del oeste de Londres desde el atardecer hasta el amanecer, hasta que él llegó al límite de sus fuerzas.

Al envolver el cuerpo de su esposa en la mullida

alfombra blanca del dormitorio, Oliver supuso que debería haberse sentido culpable, deprimido o asustado, pero no fue así. Ni mucho menos. De hecho, se sentía tan libre y ligero como un globo de helio multicolor a la deriva flotando por encima de un parque de atracciones iluminado.

Oliver sujetó la alfombra con cinta adhesiva y arrastró el cadáver escaleras abajo hasta el sótano. Cuando la cabeza rebotaba a cada paso, emitía un sonido parecido a un tut y tuvo que luchar contra el impulso de pedir perdón.

Ya se había disculpado bastante.

———

Oliver se sirvió un whisky, a las ocho de la mañana, y sabía mejor que ningún otro whisky que hubiera probado antes. Miró alrededor de su antiséptica casa, el sofá aún envuelto en el plástico que lo recubría, y sonrió.

Saboreando el silencio, resistió la tentación de limpiar el vómito de Gloria del cojín lleno de cicatrices que había sido el catalizador de su muerte. Tomó un Marlboro de la reserva secreta que tenía escondida en un ejemplar de Jaws -Gloria no aprobaba la ficción y nunca habría encontrado allí el alijo- y procedió a agujerear todos los cojines de la casa.

Y luego empezó con el sofá.

El breve estallido de piromanía de Oliver se vio interrumpido cuando le pareció oír un tut, tut, tut procedente del pasillo. El corazón le dio un vuelco, pero luego soltó una carcajada de alivio al ver que sólo era el sonido del buzón de cartas agitándose con el viento.

———

Deshacerse del cuerpo de Gloria resultó mucho más fácil de lo que Oliver hubiera esperado. Una luminosa mañana de domingo de abril metió el cadáver de Gloria en el maletero de su coche, vigilando que no se entrometieran los vecinos, y condujo hacia la destartalada granja de Jed Bramble y el pueblo de Innersmouth.

Jed era un viejo amigo del colegio y compañero del Ejército Territorial con el que Oliver solía reunirse de vez en cuando para tomar una copa a escondidas en el humeante rincón de Innersmouth Arms. También era un borrachín fenomenal. El plan consistía en dejarlo comatoso y luego alimentar a sus cerdos con el cuerpo de Gloria. Oliver sabía que la granja estaba en las últimas, junto con la mayor parte del ganado, así que estaba seguro de que las pobres criaturas demacradas estarían más que encantadas de comer el cadáver de Gloria.

Encaramado en el asiento del copiloto, Oliver llevaba una bolsa de Sainsbury's llena de seis botellas de whisky Grant's. Por si acaso, llevaba un frasco de diazepam en el bolsillo, que había utilizado para drogar a Gloria.

A las afueras de Innersmouth empezó a llover. Tut, tut sonaba la lluvia en el parabrisas. Al principio fue sólo un chaparrón, pero luego cayó a cántaros. Tut, tut, tut, tut, tut.

Oliver encendió los limpiaparabrisas, pero cada golpe parecía ser sustituido por un tut. Abrió una botella de whisky y bebió hasta que la lluvia volvió a sonar como tal.

En el exterior de la destartalada granja, Jed estaba de pie con un rifle sobre el brazo, con un aspecto más que curtido. Llevaba el cabello largo y grasiento, y sus ojos rojos se iluminaron como las luces de un árbol de Navidad cuando vio la bebida de Oliver.

———

El aire frío del lunes por la mañana sabía a hojalata para Oliver cuando, resacoso y jadeante, sacó el cuerpo de Gloria del coche y lo arrojó al gran establo. Los desgraciados hambrientos comieron con fruición. Al verlos, Oliver vomitó, pero no intentó detener el proceso.

De vuelta en la granja, Jed seguía desplomado sobre la mesa de la cocina, roncando pesadamente. Oliver se desplomó en un maltrecho sillón y empezó a sudar y a temblar. Había decidido quedarse con Jed unos días, manteniéndolo a salvo de la embriaguez hasta que los restos de Gloria se consumieran por completo. Pero a medida que los días se oscurecían volvía el tut.

El tic tac del reloj de pie de Jed, por ejemplo, fue sustituido por un tut, tut. El goteo, goteo, goteo del grifo que goteaba le mantenía despierto por la noche y se convirtió en un tut, tut, tut. El rat-a-tat-tat del cartero en la puerta principal parecía arrancarle los empastes de los dientes. Encendió la radio, pero hasta Bob Dylan estaba haciendo tut, tut, tut en la puerta del cielo.

———

La siempre bulliciosa Innersmouth High Street estaba casi desierta. La mayoría de los lugareños se refugiaban en tiendas, pubs y locales de comida rápida. Oliver caminaba por la calle con el rifle de Jed al hombro. No importaba a cuánta gente disparara, seguía sin poder escapar al sonido de la desaprobación de Gloria.

Tut hizo el arma cuando disparó al cartero.

Tut, tut cuando apretó el gatillo y le voló los sesos a Harry el lechero.

Tut, tut, tut cuando voló en pedazos al gordo PC Thompson cuando intentaba escapar trepando por el muro de la escuela infantil.

Oliver oyó a lo lejos las sirenas de los coches de policía que se acercaban y se dio cuenta de que sólo le quedaba una cosa por hacer.

Se llevó la pistola a la boca y apretó el gatillo.

El último sonido que oyó fue un sonoro **TUT**

HOMBRE SOLITARIO

LA MAÑANA que maté a Charlie Harris, el aire sabía a plomo y el cielo era gris plomo. Súbitamente agotado, me encorvé en un sillón de cuero blanco y miré por la ventana mugrienta del piso del este de Londres, apenas enfocando las hileras de bloques de hormigón manchadas por la lluvia invernal. Empezaba a acostumbrarme a estos ataques de fatiga mental y física, achacándolos a mi edad, pero seguían envolviéndome en un manto de pesadumbre. Sin embargo, mi breve momento de morbosa autoatención pronto se convirtió en fastidio. Molesta con Charlie, por supuesto, pero sobre todo conmigo misma. Había sido un desastre.

Finalmente, me volví para mirar el cadáver de Charlie y suspiré. Estaba tumbado de espaldas sobre la mullida alfombra blanca, donde se había desplomado cinco minutos antes. Era un hombre corpulento, vestido con un traje de lino blanco roto y una llamativa camisa hawaiana. Su sombrero panamá y sus sandalias yacían en el suelo a su lado. Llevaba un rosario en la mano derecha. Su atuendo desentonaba ciertamente con el miserable clima inglés, pero Charlie Harris siempre había sido un pez raro. Y ahora estaba muerto como un pato, con una bala en la frente y otra en cada ojo. Como era mi costumbre.

Tenía una tumba vacía sobre Shoreditch esperando a ser llenada por el cadáver de Charlie, pero realmente no había manera de que yo fuera capaz de meter su peso muerto en el desvencijado ascensor, sacarlo del bloque, y luego en mi coche, sin ser visto.

La urbanización Highgate, como la mayoría de las urbanizaciones municipales, estaba llena de ojos mercenarios, incluso a esas horas de la mañana. Estaba plagado de drogadictos que vendían a sus abuelas para conseguir su próxima dosis. O de jubilados aburridos que buscaban una emoción barata para animar su monótona caída hacia la tumba.

Por qué Charlie había elegido vivir en el piso 13 estaba más allá de mi conocimiento. Los ascensores de aquellos viejos edificios eran muy poco fiables y, cuando se estropeaban, Charlie se quedaba atrapado en la planta baja. Era demasiado pesado para subir las escaleras con facilidad, eso estaba claro.

Sin embargo, mientras observaba la espartana e impoluta sala de estar, pude ver que Charlie había aprovechado bien su estancia en el programa de protección de testigos, ya que la limpieza es lo primero. El lugar parecía tener muy poco para significar la presencia de una personalidad. Nada que delatara quién era Charlie en realidad o, mejor dicho, la persona que había sido antes de que el Ministerio lo atrapase.

Había un viejo televisor de plasma con un reproductor de DVD al lado. A su lado había una pila de DVD de Clint Eastwood. Un rápido vistazo a la cocina demostró que Charlie había vivido prácticamente de la comida para llevar y de la comida de pub. En su armario había una colección de trajes similares al que llevaba ahora.

Y luego estaba la caja fuerte.

Cuando entré en el piso, enseguida vi una vieja caja fuerte en un rincón de la habitación. Estaba oxidada y maltrecha y tenía un aspecto bastante incongruente.

Sabía que tendría que abrirla si quería encontrar el *Anillo de la Calavera*. Suspiré.

Con la resignación de Sísifo, me acerqué y me arrodillé frente a la caja fuerte. Me resultaba familiar, probablemente de los años sesenta, con un dial en la parte delantera. Mi madre seguramente habría podido darme más información sobre ella, ya que era una gran aficionada a las cajas fuertes. Pero lo único que necesitaba era poder abrir el maldito cacharro, y yo no sabía abrir cajas fuertes a pesar de las muchas y arduas lecciones que había recibido de mi madre a lo largo de los años.

Me acerqué al cuerpo de Charlie y comprobé sus bolsillos. Saqué una pesada cartera de cuero bien forrada y la rebusqué hasta que encontré una hoja de papel rosa con los números "666999". No era una secuencia difícil de recordar, pero valía la pena intentarlo.

Me arrodillé frente a la caja fuerte y gemí cuando crujieron mis doloridas articulaciones. Sujeté el dial y lo giré con cuidado, siguiendo la secuencia numérica de la hoja de papel rosa. Tiré de la puerta, pero no se abrió. Suspiré, miré la hoja de papel y volví a guardarla en la cartera. Realmente no había esperado una caja fuerte, aunque debería haberlo hecho, claro.

Aunque siempre odié pedirle ayuda, sabía que tendría que ponerme en contacto con Lulú. Me costaría a la larga, seguro, pero en realidad no tenía muchas opciones. Envié un mensaje de texto y busqué mi medicación para la tensión en el bolsillo del abrigo. Saqué una pastilla de su envoltorio y la tragué en seco. El sabor era amargo pero reconfortante. Conecté los auriculares a mi iPod, me los puse en los oídos y cerré los ojos. Escuché a *Lana Del Rey* cantar sobre ser joven y hermosa y me concentré en controlar la respiración. Hacía tiempo que no me atormentaban los espectros de las personas a las que había matado. Si eran o no fantasmas de verdad o sólo ilusiones inducidas por la culpa me parecía algo más bien de aquí ni de allá. Aun así, la ayuda de un curandero ridículamente caro de Harley Street, la respiración controlada y la medicación regular parecían haber acabado con los espectros, en su mayor parte.

Me perdí en la música hasta que un fuerte golpe y un estridente "¡HOLA, MUCHACHO!" interrumpieron mi ensoñación. Abrí la puerta principal y vi a un cura con gafas de sol negras. A diferencia de Charlie, Lulu se había puesto en forma últimamente. Desde que se casó con Ashan había vuelto a hacer ejercicio.

Buenos días, Lulu", le dije.

Buenos días, muchacho", dijo Lulu, quitándole las gafas de sol. Tenía los ojos enrojecidos. Vaya, qué sorpresa. Pareces bastante animado, teniendo en cuenta que la última vez que te vi estabas toc, toc, tocando la puerta de la muerte'.

Me encogí de hombros.

Hoy en día todo son noticias falsas, ¿no? Pero deberías saberlo. El Ministerio difundió bastantes'.

¿Qué puedo decir?

Bastante, por lo general.

Lulu se rió. Sacó una bebida energética del bolsillo de la chaqueta, la abrió y bebió un trago.

¿Has tenido una noche de juerga? le dije.

Lulu gruñó.

Sí, por desgracia. Tuve que pasar la noche en el *Royal Festival Hall,* aguantando el tedio de un concierto de *Radiohead* para contentar a mi marido", dijo. Y luego me arrastró a *The Red Kimono,* ese bar hipster de mierda de Whitechapel, para el karaoke de disfraces. De ahí la ropa".

¿Y qué canción en particular masacraste esta vez?

Bohemian Rhapsody, aunque tengo que admitir que estuve lejos de ser magnífica. Pensé que Ashan se iba a morir de vergüenza'.

Ah, sí. Es un alma tan sensible'.

Sonreí. Ashan Khan era el asesino más exitoso del Ministerio. Difícilmente una violeta encogida.

Lulu bostezó y se masajeó las sienes.

'Parece que la muerte se ha enfriado', dije. Lo cual es bastante reconfortante, ya que siempre me gusta que alguien tenga peor aspecto del que yo tengo.

Bueno, ya sabes dónde puedes meterte tu schadenfreude, chico'.

Lulu le sacó la lengua y yo me reí entre dientes.

¿De qué va todo esto? Creía que seguías de baja", dijo Lulu.

Lo estaba, pero como puedes ver, surgió algo... muerto'.

Suspiré e hice un gesto con la cabeza hacia el cadáver.

Lulu negó con la cabeza.

'Vale, ¿y quién demonios es este tío?', dijo. No me suena de nada. A no ser que saliera en un cuadro de *El Bosco* que vi una vez".

Estoy seguro de que te lo habrás encontrado a lo largo de los años. Es Charlie Harris. Antiguo matón de la banda Robinson. ¿Te suena?

"¡Oh, como Quasimodo, muchacho!

Tuve la corazonada de que dirías eso.

Lulu frunció el ceño.

¿Qué ha pasado?

Bueno, ¿se supone que tengo que matarlo y luego saquear el lugar para encontrar un *Totenkopfring*?

Lulú puso mala cara.

'¿Y qué es uno de ellos cuando está en casa? ¿Es otra marca de sidra sueca cara que todavía no he probado?

No lo es. Es el anillo de la calavera de Himmler. ¿Qué sabes de eso?

No mucho", dijo Lulu.

Sacó su iPhone y tocó la pantalla.

Déjame ver", dijo. Ah, sí. *El Totenkopfring* era una

especie de anillo de honor. Tenía un diseño de calavera y huesos cruzados y a veces se conocía como anillo de la cabeza de la muerte. Himmler los repartía entre la élite de las SS. Son coleccionables, sin duda, y el de Himmler es supe coleccionable. Sí, parece que mucha gente realmente quiere tener en sus manos el anillo de Himmler.'

'Insinuación y fuera la otra', dije. De todos modos, el anillo de la calavera que se supone que tengo que robar fue aparentemente entregado por el propio Himmler a un alto cargo del gobierno británico durante los últimos días de la Segunda Guerra Mundial. Aparentemente contiene una muy... condenatoria dedicatoria grabada.

"Y supongo que si el anillo cayera en las manos equivocadas...

"El gobierno británico estaría tan perdido que ni un motor fueraborda le ayudaría, y mucho menos un remo.

Lulu se arrodilló sobre el cadáver.

'Oye, te digo que este es un trabajo sin salida', dijo, con una sonrisa pícara.

'Arf, sí, muy afilado', dije. Te cortarás si no tienes cuidado".

Hablando de eso, ¿quieres que vaya a buscar mi motosierra? Corta el contrato de Charlie".

Agité una mano en el aire.

No, todavía no. Demasiado sucio. Demasiado ruidoso. Tengo una tumba vacía esperando en Shoreditch y hay un funeral reservado para mañana, así que pueden aparcar a alguien sobre él".

El viejo truco de la litera. Me recuerda a Robert Maxwell... pero esa es otra historia".

"Espera", dije. 'Necesito un rápido tinkle.'

Me dirigí al baño. Las pastillas para la tensión que me había dado el curandero hacían efecto, pero su principal efecto secundario era que tenía que ir al baño de los niños más a menudo de lo habitual.

Mientras orinaba, empecé a marearme. Me sentía

bastante mal, pero como era una patada en el culo de sesenta años, era de esperar. Me lavé las manos y volví al salón. Lulu estaba revisando los bolsillos de Charlie.

"De todos modos, esa es la razón principal por la que te llamé. Señalé la caja fuerte.

Lulu se acercó y la acarició.

Ah, esto sí que es un clásico'.

¿Crees que podrás hacerlo?

Por supuesto. ¿Es el Papa de un oso?

No.

Lulu rió entre dientes y se arrodilló delante de la caja fuerte. Jugueteó con el dial.

"Open sez me", dijo y abrió la puerta de la caja fuerte.

"¡Vaya! Ha sido muy rápido", dije. Incluso para ti.

Lulu sonrió.

Ya estaba abierta, muchacho. "No tiraste lo bastante fuerte, como le dijo el obispo a la actriz".

Echemos un vistazo dentro, entonces.

Lulu metió una mano en la caja fuerte. Sacó un joyero rosa.

"Me pregunto cuánto podría conseguir por esto en la web oscura", dijo Lulu.

'Bueno, ya sabes lo que hizo la curiosidad', dije, cogiéndole la caja de anillos.

¿Llevó a muchos grandes avances científicos e innovaciones?

Sí, eso es cierto. Por cierto, ¿quién es el cliente?

"En realidad, el tuyo".

¿El Ministerio?

Sí. Conseguí el trabajo a través de Gran Madre".

Lulu se estremeció.

"Me sorprende. Normalmente le gusta mantener las cosas dentro de la empresa en lugar de recurrir a contratistas independientes como tú".

Me encogí de hombros.

"No nos corresponde a nosotros razonar por qué y todo eso", dije.

Ah, entonces mejor no estropearlo, dijo Lulu. No es precisamente conocida por su actitud laissez-faire, ¿verdad, Gran Madre?

El Ministerio era el empleador de Lulu. Un departamento gubernamental más turbio que turbio que se remontaba a la Segunda Guerra Mundial, cuando eran conocidos como el *Ministerio de la Guerra No Caballerosa*. Oficialmente, ya no existían. Había trabajado para ellos muchas veces y confiaba en ellos tanto como en Charlie Harris. Si no había honor entre ladrones, los espías de Whitehall eran aún más deshonrosos.

Lulu se acercó a la ventana.

Sabes que esta zona es conocida como la Central de Suicidios, ¿verdad?

No lo sabía. Eres una fuente de conocimientos inútiles, ¿verdad?

No, bueno, sí, pero, como solía decir mi antiguo sargento mayor, si no puedes arreglarlo, rómpelo. Podríamos tirar a Charlie por la ventana. Dudo que le echáramos de menos".

Lulu se acercó al cadáver.

'Tú coge el extremo que eructa y yo cogeré el extremo que se tira pedos. Hagámoslo de una vez'.

¿Crees que cabrá? Es un poco... larguirucho".

Lulu rezongó.

'Qué te he dicho antes sobre tu fascismo corporal. Vamos, al menos intentémoslo'.

"¿Sí?", dije. Me encogí de hombros. En realidad, ¿por qué no?

Me acerqué a la ventana y la abrí. En la habitación soplaba un viento cortante y frío y llovía a cántaros.

Maldita sea. Acabemos con esto de una vez", dijo Lulu.

¿Cara o cruz? dije yo.

"Oh, voy a agarrar la parte superior, muchacho.

Me agaché y agarré a Charlie por los tobillos. Lulu deslizó sus manos bajo sus axilas y lo levantamos. Los dos jadeamos.

'Allá vamos', dijo Lulu.

Levantamos el cuerpo e intentamos empujarlo por la ventana, pero Charlie se me escapó de las manos y se estrelló contra una mesita de cristal que se hizo añicos de inmediato.

'Buggeration', dije. Esto no es bueno.

¿Qué quieres hacer?", dijo Lulu. Si quieres, puedo involucrar al Ministerio, pero podría ser... complicado'.

No, gracias, pero mejor no. Para empezar, puede que a la Gran Madre no le haga mucha gracia. Debe tener sus razones para mantener este trabajo fuera de los libros".

"Entonces, ¿qué quieres hacer con el Feo Durmiente?

Me puse el sombrero y abrí la puerta principal.

'Tacón y punta y nos vamos', dije, mientras agarraba los tobillos de Charlie.

Me desnudé hasta la cintura bajo el rocío de la mañana y empecé a cavar. Con gran esfuerzo, arrojé el corpulento cadáver de Charlie a la tumba y luego me detuve un momento para evacuar mis tripas. Tomé un trago de té de mi termo.

Podrías ayudarnos, ¿sabes? grazné.

Lulu se apoyó en mi viejo y maltrecho BMW. Se rió entre dientes.

No te preocupes, muchacho. No quisiera interponerme en tu camino. Parece que estás haciendo un buen trabajo tú solo".

Sonrió satisfecha y encendió un porro. Mientras observaba los espectros de humo que se elevaban, reflexioné sobre mi situación y decidí que lo mejor era seguir adelante.

Sudando, terminé de llenar la tumba y me acerqué al coche. La hierba helada crujía bajo mis pesados pies, abrí el maletero del coche y me limpié todo el cuerpo con una de las toallas de color vómito que había cogido del piso de Charlie.

Saqué una camisa limpia y me puse la chaqueta, limpié la pala y volví a colocarla contra una lápida donde la había encontrado. Allí no había nadie más que Lulú, un viejo mestizo masticado que se arrastraba hacia un mausoleo en ruinas como si buscara un santuario y yo.

Una campana de iglesia resonó en la granítica mañana de invierno cuando subí al coche. Lulu apagó su porro y se sentó en el asiento del copiloto.

¿Todo listo, muchacho?", preguntó.

Sí. Sólo tengo que esperar a tener noticias de Loren para hacer el intercambio'.

Bueno, ya que tienes tiempo libre, puedes empezar a pagarme por este pequeño favor'.

Sonrió.

'Estaba esperando eso, así que...' le dije.

'Bueno, lo primero que puedes hacer es invitarme a desayunar', dijo Lulu.

Me senté a la luz de la luna en un banco húmedo de la parada de taxis de Embankment Place mientras Lulu se terminaba el porro. Empezaba a sentirme un poco mejor que antes. La lluvia se había convertido en aguanieve y me pareció bastante refrescante.

Me senté a escuchar los sonidos de la ciudad, observando a sus habitantes. Era una de las cosas que más me gustaban de vivir en la Gran Manzana. Lo fácil que era ser anónimo.

Un coche se detuvo cerca, tocando a todo volumen una canción francesa de hip-hop. Se oyen gritos y se marcha. Unos minutos más tarde, dos tipos con la cabeza muy agujereada, lloriqueando y arrastrando los pies, vestidos con sudaderas negras idénticas, pasaron junto a nosotros. Sus ojos rojos y rasgados brillaban sobre una piel sudorosa, manchada y teñida de verde. Eran casi idénticos en aspecto y movimientos, como el experimento de un científico loco que ha salido mal.

Uno de ellos casi resbala al ver a Lulú, que aún llevaba el collar de perro de cura.

Perdóneme, padre", dijo.

Sí, sí, muchacho", dijo Lulu, haciendo la señal de la cruz. Gafas, testículos, cartera y reloj".

Se rieron y pasaron por encima de una pancarta hecha jirones y rota que proclamaba el inminente fin del mundo.

Más noticias falsas", dijo Lulu.

Efectivamente", dije yo.

Un par de Charlies del champán de rostro rubicundo salieron tambaleándose de un casino cercano, maldiciendo como soldados de caballería. Los cabezas huecas se acercaron a ellos.

Denos una libra, jefe", dijo uno de ellos, con un temblor en la voz. Para comer algo'.

"Oh, por el amor de Dios", dijo el que llevaba la corbata. Por favor, vete a la mierda y muérete, ¿quieres? Realmente no puedo ser molestado con...

El cabeza hueca le pinchó en la garganta y le dio un puñetazo en la cara.

"¡Eh, tú!", dijo el amigo del payaso.

Le agarró del brazo.

El otro le propinó un cabezazo y, en cuestión de minutos, el payaso y su compañero estaban en la acera empapada por la lluvia, gimiendo de dolor y con la nariz llena de sangre.

Feliz Navidad para ti también", dijo el cabeza de chorlito mientras le quitaba la corbata. Ho.

Lulu se rió mientras el cabeza de chorlito se ponía la corbata y se paseaba por la calle cantando "La Navidad pasada te di mi culo...".

Me rugió el estómago.

'Puedo nombrar esa melodía en una', dijo Lulu. Vamos a comer algo'.

Nos levantamos del banco y entramos en el I. Hacía mucho calor y olía a grasa caliente. Una radio emitía un programa de entrevistas por teléfono. Los únicos clientes parecían ser un grupo de hippies con resaca que susurraban entre ellos con voz ronca.

Detrás del mostrador, Suzie Q servía una taza de té a un Elvis de Las Vegas. Suzy era la última mujer de Londres que conservaba su peinado de colmena de los años cincuenta, y siempre se lo teñía de colores vivos. Hoy era rosa Day-Glo.

Elvis se rió, eructó y golpeó su guitarra.

Si no es una cosa, es otra", se dijo a sí mismo, con un áspero acento galés. 'Es que no sabes, no sabes, es que...'

Oh, pero lo sé, cariño', dijo Lulu. Lo sé de verdad.

"Bueno, mira quién no es", dijo Suzy, cuando entramos por la puerta. El maldito Tommy Bennett. Cuánto tiempo sin vernos'.

Sonreí.

"Buenos días, Suzy", dije.

Hace años que no te veo por aquí, forastero', dijo Suzy.

Sí, bueno, he estado en el extranjero', dije.

¿Sí? Entonces, ¿qué eres ahora?", dijo Suzy, llenando un enorme tomate de plástico con ketchup. ¿Un tío? Se rió a carcajadas de su propio chiste. Sonreí y le guiñé un ojo.

Nos sentamos y nos quitamos los sombreros y los abrigos. Cogí una servilleta de la mesa y limpié el vapor de los cristales de mis gafas de pasta. Sujeté con la punta de los dedos un menú plastificado manchado de salsa marrón. Eché un vistazo rápido a los platos de la carta.

¿Lo de siempre, Tommy?", dijo Suzi desde detrás del mostrador. ¿Desayuno vegetariano y café solo?

Sí, por favor", dije.

Y la opción carnívora para mí", dijo Lulu.

Me recosté en la silla y cerré los ojos. Bostecé mientras escuchaba las noticias sobre la relación entre la Familia Real, la caza del zorro y el Brexit.

"Todo es pan y circo", dijo Lulú. "Humo y malditos espejos".

Sonreí.

Podrías tener razón", dije.

Elvis se acercó arrastrando los pies. Su aliento acre me hizo retroceder.

Saben, caballeros, estos refugios para taxistas son lugares interesantes, dijo Elvis, quitándose la peluca.

¿Es cierto, muchacho? dijo Lulu.

Ciertamente lo es. Por ejemplo, ¿sabías que se crearon a finales del siglo XIX para que los taxistas tuvieran un sitio donde meterse a tomar un refresco o un sándwich de tocino? La ley de la época establecía que los refugios no podían ser más grandes que un caballo y un carro, para que no bloquearan el tráfico. Oh, incluso existe la leyenda de que Jack el Destripador apareció una vez borracho en un refugio de Westbourne Grove en el apogeo de su reinado de terror en el East End.

¿Es así?

Sí. Cuentan que los taxistas abstemios convencieron a Jack para que se abstuviera y así puso fin a su maldad. Hubo un tiempo en que había cientos de refugios por todo Londres, pero hoy en día son pocos y suelen estar sólo en las zonas más lujosas".

'Bueno, bueno, bueno, todos los días se aprende algo nuevo', dijo Lulu. 'La mayoría de mierda, ¿eh?'

Sonrió a Elvis.

Suzi trajo la comida y puso el plato sobre la mesa.

Agarra esa pequeña porción, dijo Suzi.

No te preocupes si lo hago, dijo Lulu, echando sal sobre la comida. La untó con salsa marrón antes de comer.

¿Qué has hecho últimamente? le pregunté.

Lulú le dio un golpecito en la nariz.

"Labios sueltos, hunden barcos", dijo.

Hablando de eso, hoy es el cumpleaños de Helen Duncan", dijo Elvis, que había estado escuchando la conversación.

¿Y quién es Helen Duncan cuando está en casa? Me suena el nombre, pero también Quasimodo", dijo Lulu.

Elvis hizo una mueca.

Helen Duncan, creo que te darás cuenta, fue la última mujer en Inglaterra en ser encarcelada bajo la ley de brujería. En 1944. Era una médium que celebraba sesiones de espiritismo en Portsmouth durante la Segunda Guerra Mundial. Dijo que un fantasma le había informado del hundimiento de un acorazado de la Marina Real. Algunas personas pensaron que era una espía y, bueno, hubo todo tipo de teorías, pero esa era Helen Duncan, que nació en este día hace más de un siglo".

"¡Usted lo dice!

Sí, lo digo.

Lulu levantó su taza.

'Feliz cumpleaños a Helen,' dijo.

Elvis levantó su taza.

'Por Helen,' dijo. El único delito es que te pillen.

Lulu terminó su comida y se levantó.

Bien, será mejor que me vaya y vuelva antes de que Ashan se despierte', dijo.

"¿Y cuáles son tus planes para este glorioso y gris día de invierno, oh caballero del ocio y el placer?

"Oh, bueno, voy a disfrutar de un pequeño almuerzo

líquido con Ashan en Fortnum y Masons, ¿te lo puedes creer?

"¡Oh, qué La di dah!

Probablemente, pero me alegraré cuando vuelva a Brighton, la verdad. No puedo seguir su ritmo estos días. Estoy sintiendo mi edad, de verdad, muchacho'.

me reí.

Bueno, abuelo, espero que vayas a ducharte y cambiarte. Estás demasiado... arrugado y... perfumado para Fortnum and Masons, si no te importa que te lo diga".

Lulu bostezó.

Sí, tendré que recoger mis cosas de la lavandería de camino a casa. Menos mal que me lo has recordado".

Lulú se marchó y yo me senté a ver cómo salían chorros de vapor de mi café embarrado. La cafetería estaba sofocantemente caliente y abarrotada de su habitual mezcolanza de inadaptados, vagabundos y extraviados. Bichos raros y extraños. Desgraciados y fracasados. Los restos y desechos de la vida londinense. Y me sentía como en casa en esos lugares, la mayor parte del tiempo. Tan cómodo como un insecto en una alfombra, como hubiera dicho mi abuela.

A mi lado, un motorista desgarbado y pelirrojo sorbía su té con todo el entusiasmo de un ex presidiario en un burdel. Cada sorbo era como el goteo, goteo, goteo de un grifo que gotea a lo largo de una noche de insomnio. Cerré los ojos y conté hasta diez.

Todo el mundo en la cafetería parecía estar escuchando atentamente otro informativo de radio sobre zorros y soltando las correspondientes carcajadas. Al parecer, Londres estaba plagado de estas alimañas y el mugriento tabloide que tenía delante contaba más o menos la misma historia de desgracias. Alguien había sugerido incluso un sacrificio masivo de zorros.

No es mala idea, ¿verdad?", dijo el motorista a nadie en particular. Pero, por supuesto, habrá los inevitables balidos de los malditos liberales de corazón sangrante. Los zorros son como los perros, un desperdicio de espacio, en mi opinión. Sólo máquinas de cagar. El mundo está mejor sin ellos".

Me sorprendió un poco el acento de clase alta del motorista, aunque ya había dado suficientes vueltas a la manzana como para saber que había gilipollas en todos los ámbitos de la vida.

Mi teléfono sonó y revisé los mensajes de texto. Había un mensaje de un número desconocido que me daba una hora y un lugar para quedar. Seguro que era de Loren LaSalle. Respondí afirmativamente, aliviada de que al final todo hubiera salido bien.

Saqué mi smartphone y me puse los tapones. Tomé un sorbo de café, cerré los ojos y escuché a Amy Winehouse mientras el tiempo se me escapaba.

EL BEBÉ TIENE UN ARMA

NOBBY NOBLE ESTÁ SENTADO en su mesa habitual del *Cosy Café*. Saborea una taza de té con leche y tiene un ejemplar del *Sunday Times* de hoy extendido sobre la mesa frente a él. Está mirando el crucigrama críptico como si fuera una imagen mágica. Se relame y se muerde los labios. Frunce el ceño, como si estuviera concentrado. No es que Nobby entienda las pistas del crucigrama. Todo es un galimatías para él, seguro. Es tan tonto como la mierda de cerdo, Nobby. Pero tiene un amigo que siempre le envía por mensaje de texto las respuestas al crucigrama, para que pueda parecer inteligente ante los clientes del café, que tampoco son precisamente los más avispados. Su teléfono suena y lee el mensaje.

Nobby sonríe.

Creo que la respuesta a veintiuno es 'Remembrance of Things Past'", dice en voz alta.

Un par de ancianos con cara de ciruela asienten con la cabeza, claramente impresionados.

Nobby chupa el extremo de su bolígrafo y escribe cuidadosamente la respuesta. Sonriendo, se mete la pluma en la oreja y se limpia un montón de cera. No parece molestarle cuando chupa el bolígrafo después. Nuestro Nobby tiene clase.

Me siento en una mesa cercana a la suya, pero Nobby no se fija en mí, aunque ya nos hemos visto un par de veces. No me registra en absoluto. Pero así es Nobby: está tan metido en su propio culo que podría hacerse una lavativa. Me acaban de pagar mucho dinero para matar a Nobby. No es personal, por supuesto. Aunque no soporto a ese tipo y no me sentiré culpable después de matarlo. Adiós a la mala basura y todo eso.

Todo el mundo en la cafetería escucha atentamente las noticias de la radio local y se ríe. Al parecer, Londres está plagado de ladrones de bolsos en patinete. El mugriento tabloide que tengo delante cuenta más o menos lo mismo. Por el reportaje radiofónico y las reacciones de los clientes del café, cualquiera diría que es el fin de los días, pero Londres ha sobrevivido a cosas peores: la peste, el Gran Incendio, el bombardeo, el IRA, Spandau Ballet. Seguro que sobrevivirá a esto. Es una ciudad de supervivientes. Yo debería saberlo, soy uno de ellos.

Leonard Houseman, el dueño del café, se acerca cojeando y charla con Nobby. Se ríen de algo y Leonard le da unas palmaditas en la espalda. Parece que le rechinan los dientes. Leonard es un poco tenebroso. Lleva gafas de media luna y una rebeca beige holgada. Parece un bibliotecario o un contable, pero hay algo en sus modales que me hace pensar que en realidad es un cabrón duro. Un lobo con piel de cordero. Un hombre con un pasado turbio, tal vez. Leonard vuelve detrás del mostrador y charla con Marta, la rubia cocinera polaca. Ella le hace una seña con el dedo y Leonard se ríe.

La tarde se funde con la noche y me siento a ver a Nobby beber té y comer frituras hasta que termina el crucigrama. Se levanta, coge su omnipresente bolsa azul Adidas y se va.

Me levanto, me pongo mi Homberg y le sigo por Holloway Road. Nobby es bastante fácil de seguir, ya que en esta época del año no se ven muchos tipos gordos con camisetas rosa chillón, sandalias amarillas y pantalones cortos rojos. No importa el frío que haga, Nobby siempre viste como si estuviera de vacaciones en las Bahamas. Sufre hiperhidrosis generalizada, lo que significa que suda a mares prácticamente todo el tiempo. Y, por supuesto, es clínicamente obeso, lo que no ayuda mucho.

Una Vespa verde lima se precipita por la carretera antes de saltarse un semáforo en rojo y derrapar al doblar la esquina. Le sigue un coche de policía con las sirenas a todo volumen. Un viejo borracho agita el puño hacia el coche de policía y deja caer su bolsa de plástico sobre la acera. El contenido de la bolsa se desparrama y el anciano se apresura a meterlo de nuevo en la bolsa, recogerla y dirigirse a un pub cercano.

El cielo gris plomizo está plagado de nubes de lluvia y cuando Nobby llega a la lavandería *The Luscious Launderette*, la lluvia cae a cántaros. Cruzo la calle y me paro en la puerta de la panadería frente a la lavandería. El olor me da hambre y se me revuelve el estómago. Me doy cuenta de que no he comido nada desde por la mañana. Evito la tentación de entrar en la panadería y espero a que Nobby salga de la lavandería. Al cabo de unos minutos, tengo que ir a tomar algo. Las nuevas pastillas para la hipertensión que me ha recetado el médico parecen estar funcionando, pero tienen un efecto secundario especialmente molesto: siempre me pillan corto. Y además en los momentos más inoportunos. Bueno, o son los medicamentos o es mi edad. Después de todo, tengo sesenta años. Era de esperar. Me debato entre ir a un pub cercano para ir al baño y comer algo cuando Nobby sale de la lavandería con su brazo alrededor de Baby.

Nobby es un hombre grande. Para ser sinceros, la mayoría de la gente le llamaría gordo cabrón, aunque no a la cara, claro. Pero Baby Finnigan es enorme, incluso corpulenta. Lleva un vestido amarillo de lunares y sostiene en alto un paraguas amarillo de lunares. En un pasado oscuro y lejano, Baby era conocida como *Babycham 69*, una luchadora semiprofesional de cierta reputación. Cuando se jubiló, abrió la lavandería con el dinero que le prestó Nobby, uno de los usureros más despiadados de la ciudad. Y entonces, de forma más que sorprendente, Baby y Nobby tuvieron una aventura que parece haberse convertido en un romance en toda regla.

Nobby le hace señas a un taxi negro y ambos suben. Llamo a *The Queen's Arms*. No me preocupa perder a Nobby y a Baby porque sé exactamente adónde van. Nuestro Nobby es un animal de costumbres. Consigo parar un taxi unos minutos después de salir del pub. Mientras el taxi se dirige hacia Romford, veo la Vespa verde lima que había visto antes. Ha chocado contra una furgoneta de Correos. La gente está de pie haciendo fotos con sus smartphones mientras el conductor de la vespa se tambalea intentando quitarse el casco. Una sirena grita.

El mundo es un poco raro", dice el taxista sacudiendo la cabeza.

Así es", digo yo.

———

Se supone que las carreras de perros son un deporte en vías de extinción, según Wikipedia, pero el *Coral Romford Greyhound Stadium* está absolutamente abarrotado. Parece que los informes sobre su muerte son muy exagerados. Supongo que se podría decir lo mismo de mí. Ciertamente, mi reciente intento de jubilación fue un fracaso con mayúsculas y ahora vuelvo al juego. Un asesino a sueldo envejecido sin nada mejor que hacer, parece.

Me siento en una mesa del *Bar Pantera de Laurie* fingiendo ver las carreras, pero en realidad estoy viendo a Nobby y Baby. Están bebiendo champán como si fuera agua del grifo. Nobby tiene la palabra, como siempre, y Baby se ríe a carcajadas de todo lo que dice. Es entonces cuando me doy cuenta de que está tocando a Nobby como un violín de Poundland. Es imposible que Baby encuentre a Nobby tan divertido. Ella es muchas cosas pero Baby Finnigan no es tonta.

Saco mi teléfono y envío un mensaje a mi cliente. Le cuento lo que he averiguado y le pregunto cómo quiere proceder. Si deberíamos dejar que Baby desplume a Nobby y que sufra así. Unos minutos después, me responde diciéndome que siga adelante con el proyecto. Bebé y Nobby empiezan a besuquearse, con bocas y dedos por todas partes. Lo tomo como una señal para irme.

———

Al día siguiente, Nobby sigue la misma rutina que el día anterior y yo le sigo de nuevo. Cuando se acerca a la lavandería *The Luscious Launderette*, una moto pasa a toda velocidad junto a mí y reduce la velocidad para quitarle a Nobby la bolsa azul de Adidas de la mano. Sin embargo, Nobby tira de ella con fuerza y el scooter cae a la acera, derramando a su conductor. El motorista cae sobre Nobby, que saca un cosh y le golpea en el brazo. El motorista grita. Se oye un fuerte disparo y cae al suelo. Miro hacia la lavandería. Baby está en la puerta y tiene una pistola en la mano. La dispara contra el motorista, que intenta ponerse en pie, y él sale despedido hacia la carretera. Una furgoneta de helados derrapa para esquivarlo.

El bebé corre hacia Nobby, que se agarra a su pecho. La gente grita, las sirenas ululan y yo salgo en dirección contraria.

———

El restaurante está vacío cuando entro. Una radio emite 24 horas de noticias en italiano y Alessio está detrás del mostrador limpiando la máquina de café *La Spaziale*. El joven italiano la adora. En un rincón, Greta recoge la aspiradora.

¿Está teniendo un buen día, Sr. Bennett?", me dice cuando me ve entrar.

Sí, Greta", le digo. El tiempo podría ser mejor, pero también peor".

Sonríe. He intentado que me llame Tommy, pero siempre me dice que no es la forma lituana de llamarme. Soy su jefe y su superior, así que para ella siempre seré el Sr. Bennett". Greta tiene poco más de cuarenta años, pero es mucho más conservadora que muchas mujeres británicas de esa edad.

Cuelgo el sombrero y el abrigo y cojo el *Daily Mirror* del mostrador. Me siento cerca de la ventana y hojeo el periódico con poco interés por los problemas del mundo.

¿Café, señor B?", dice Alessio.

Sí, por favor, hijo", le digo. ¿Y podría hacerlo un poco irlandés?

Sonríe. Abro el periódico por el crucigrama y pienso en Nobby. No puedo evitar una sonrisa.

Alessio me trae el café irlandés mientras suena "No Roots" de Alice Merton. Vuelve a bailar detrás del mostrador y le doy un sorbo. Unos minutos después, entra Lee Hughes. Lee es alto y bronceado. Hace poco se ha blanqueado los dientes y se ha puesto mechas rubias en el cabello. Viste de cuero negro y lleva un casco de moto Harley Davidson. A Lee le tocó la lotería hace poco y ha empezado a contratarme para lo que él llama trabajos de venganza, uno de los cuales es la largamente esperada muerte de Nobby Harris, que al parecer había hecho la vida imposible a la madre de Lee.

Lee le dice algo a Alessio y sonríe a Greta. Pone su

casco en mi mesa y se sienta frente a mí. Una lluvia torrencial ametralla la ventana.

Justo a tiempo", dice Lee. No me apetece ir en moto con eso".

Imagino que conducir una moto en Londres es una actividad de alto riesgo hoy en día", digo.

Una *Harley Davidson* es más que una moto, Tommy".

Me río entre dientes.

Si quieres", le digo.

Alessio trae el espresso de Lee.

"¿Te has enterado de lo que le ha pasado a Nobby?", dice Lee.

Sí, le digo. Me he puesto en contacto con un amigo que trabaja en la comisaría de Hammersmith. Al parecer, Nobby está en coma, aunque dudo que la falta de actividad cerebral sea algo inusual en él'.

"¿Supongo que Baby se hizo arrestar?

Seguro. Probablemente alegará defensa propia o algo así.

¿El ladrón de bolsos?

Parece que está mal, pero no está muerto, por suerte para Baby'.

Lee me da un sobre.

Aquí tienes", dice.

Lo levanto.

Esto me parece un poco pesado", digo. Teniendo en cuenta que no he terminado el trabajo".

Lee se encoge de hombros.

Por lo que a mí respecta, el trabajo está hecho. Te lo has currado. El trabajo de campo. Nobby está fuera de combate ahora. Tal vez indefinidamente. Si alguna vez despierta del coma, tal vez puedas arreglar las cosas", dice sonriendo.

Bueno, eso es algo que espero con impaciencia", le digo.

Lee se toma su café y me da una palmada en el hombro.

29

"Hasta luego", dice, y se va.

Miro por la ventana las calles de la ciudad empapadas por la lluvia, el letrero de neón del Bistro reflejado en el pavimento. La gente pasa deprisa sin preocuparse de nadie más que de sí misma. Suspiro, guardo el sobre en el bolsillo y me dejo envolver por la sensación de resignación.

UN HOMBRE EN UNA CAJA

ME DESPERTÉ SOBRESALTADA, cubierta de sudor frío y húmedo. La luz del día se colaba por los huecos entre las persianas rotas. Una banda apretada me atenazó la frente y los latidos de mi corazón parecían resonar en la escasa habitación de aspecto familiar.

Un latido.

Me adapté a la luz mortecina. Estaba atado a una silla y desnudo.

Sam Newley miraba su reflejo en el espejo emborronado que colgaba encima de su tocador y, la verdad, no parecía especialmente satisfecho con lo que veía. Era justo decir que Sam no se había tomado especialmente bien su caída por el precipicio de la mediana edad. Recientemente había empezado a llevar un tupé rubio que le quedaba muy mal y no era nada convincente. Su afición a vestir de cuero rojo también se había vuelto un poco prepotente. Me di cuenta de que también había engordado un poco en los muslos. Sus vaqueros de cuero rojo se estiraban por las costuras y su culo parecía un autobús de dos pisos. Últimamente había engordado mucho. Probablemente eran todas las pintas de London Pride que se echaba al cuello cada noche. Antes había pensado que tener cerveza gratis era una de las ventajas de vivir encima de un pub, pero al ver a Sam no estaba tan seguro. Me vino a la mente la frase "no te drogues con tus propias provisiones".

Podía oír una versión de karaoke particularmente horrible de "Hello" de Adele que emanaba del pub de abajo y esbocé una sonrisa. Incluso en una lluviosa noche de domingo, *The Severed Arms* estaba prácticamente lleno. Principalmente porque era la única taberna de la zona en la que se podía confiar para que estuviera abierta lloviera o hiciera sol, pero los eventos regulares de karaoke con disfraces también eran muy populares. Bueno, aparte de la noche en la que se presentaron un autocar lleno de fans de *Star Wars* y otro autocar lleno de fans de *Star Trek*. Aquello sí que fue un lío y me abrió los ojos a las cosas que se pueden hacer con un sable láser. Aun así, saber que el karaoke había empezado me dio la esperanza de que Lulu estuviera abajo y se hubiera dado cuenta de que algo había salido mal por mi ausencia.

'Sabes, el otro día estuve pensando en nuestro Ringo', dijo Sam, sin darse la vuelta. No habrás conocido a nuestro Ringo, ¿verdad, Tommy? Era un poco anterior a tu época. Ahora, la última vez que vi a nuestro Ringo, estábamos de pie en la marquesina del autobús fuera de la antigua piscina pública en la vía Dockland. Estaba azotando con la lluvia y los asientos de plástico estaban mojados debido a un agujero en el techo del refugio, por lo que tuvimos que estar de pie. Entonces, nuestro Ringo se volvió hacia mí con esa sonrisa chirriante suya y me dijo: "La mayoría de los hombres viven una vida de tranquila desesperación". No dije nada, por supuesto. Probablemente se trataba de una frase, una cita o algo así que había aprendido de uno de los viejos que frecuentaban la biblioteca de referencia. A nuestro Ringo le gustaba visitar la biblioteca central los miércoles por la mañana porque solía estar más tranquila y, según él, menos olorosa. Le gustaba leer libros sobre existencialismo, ocultismo y cosas por el estilo, y charlar con los viejos tontos que rondaban por allí. En fin, estaba a punto de comentar lo que había dicho Ringo y decirle que los hombres no saben ni la mitad y que muchas mujeres podrían decirle un par de cosas sobre la desesperación silenciosa, cuando el muy imbécil se metió de repente en medio de la carretera, justo cuando el autobús número 12 doblaba la esquina derrapando, yendo a diez por docena. Se estrelló contra él y quedó inconsciente. La ambulancia llegó enseguida y no tenía ni un maldito rasguño. Después de un par de días en el hospital, se recuperó, pero me dio que pensar. Ya sabes, el azar, la mortalidad y cosas así".

Se desabrochó el botón superior del pantalón y su barriga cervecera asomó. Sam suspiró aliviado.

De todos modos", dijo, "a nuestro Ringo le gustaba soltar esas palabras raras en la conversación y normalmente en el momento más inapropiado. Una de sus favoritas era Zeitgeist. Siempre estaba hablando del maldito Zeitgeist esto y del maldito Zeitgeist aquello. A veces te ponía los cabellos de punta.

¿Sabes lo que es Zeitgeist, Tommy? Sospecho que no, no pareces muy aficionado a los libros, así que te diré algo a cambio de nada'.

Sam cogió un paquete de caramelos de menta Polo del tocador y sacó uno. Se la metió en la boca y la hizo crujir.

Verás, el Zeitgeist, Tommy -dijo-, es lo que se conoce como el espíritu de la época. Antes se refería al trabajo de los grandes artistas y poetas. Científicos, arquitectos y similares. Pero ahora se trata de la última aplicación del iPhone o de una tendencia absurda en las redes sociales. Y no, no sé lo que es el maldito baile de la Quincena y tampoco quiero saberlo, muchas gracias".

Sacudió la cabeza y se ajustó la peluca, que se le había caído un poco.

Verás, nuestro Ringo estaba en una banda. Una banda post-punk llamada *Camus' Jumper*, por eso se puso tan pretencioso. Y salía con tonterías como 'No estoy en contacto con el maldito Zeitgeist, ¡yo soy el maldito Zeitgeist!' Ya sabes, cosas así. Ahora la cosa es, esta banda Ringo estaba en realidad eran bastante buenos. Quite-but not very. And there's the rub a dub dub. Ese era nuestro Ringo hasta el suelo. Él siempre ha tenido ideas muy por encima de su estación ... Lo que me lleva a usted ...'

Sam se dio la vuelta y me señaló con el dedo. No dije nada. No es que tuviera muchas opciones. Estaba atada a una silla de oficina, completamente desnuda, con un calcetín de rugby sudado metido en la boca y otro sobre mi renacuajo. Sam también me había puesto un gorro rosa de Papá Noel sin otro motivo que humillarme. Pero bueno, no se llega a ser el jefe de la familia criminal más famosa del sureste de Londres jugando limpio.

En fin, estoy divagando, Tommy, como siempre. Volvamos a los negocios", dijo Sam, haciendo girar un palo de golf en su mano como si fuera la batuta de una majorette.

¿Quién se ha portado mal?", dijo, mirándome fijamente.

Le miré a los ojos inyectados en sangre, luché sin éxito por escapar y suspiré.

Es un poco tarde para todo eso, cariño", dijo Sam. Unos treinta malditos años tarde. Y algo más, viejo tonto".

Machacó otro caramelo de menta y me golpeó la cabeza con el palo de golf. Se detuvo justo antes de darme en la frente.

De acuerdo", dijo Sam. Como ya casi es Navidad y estoy de humor para perdonar, te daré una última oportunidad".

Dejó caer el palo de golf y cogió un abrecartas de acero inoxidable de su escritorio.

"Ahora, por última vez, Tommy, cariño", dijo. Empujó el abrecartas contra mi nuez de Adán y me sacó el calcetín de la boca.

¿Dónde demonios está la piedra?", dijo Sam, mientras escupía todo mi pecho desnudo.

Intenté hablar, pero tenía la garganta árida.

Sam cogió una botella de vodka y llenó un vaso de chupito. Me lo acercó a los labios. Sorbí su contenido con avidez.

¿Otra vez lo mismo?

Sam negó con la cabeza.

Los malditos adictos sois tan fáciles de retorcer y doblegar... todo es castigo, recompensa, castigo, recompensa, ad infinitum. Sois unos cabrones quebradizos".

"¿Qué puedo decir?", grazné, con voz de lija.

Bastante, por lo general. ¿Y bien?", dijo Sam. "Escúpelo, perdona el juego de palabras".

"Esto no te va a gustar...

No esperaba que me gustara.

"Bueno, lo tengo... pero... lo tengo en el culo...

Sam puso cara de asco.

"Oh, maldito sucio...

Y entonces todo se puso patas arriba, tan rápido como desaparece la saliva en el pavimento caliente. Lady Ga Ga irrumpió en la habitación blandiendo una escopeta recortada y arrastrando tras de sí la forma apenas consciente de Baxter, el gigantesco hermano de Sam. Lady Ga Ga golpeó la cara de Sam con la culata de la escopeta, reventándole la nariz.

Sam chilló.

"Oh, gilipollas, Lulu", dijo.

"Lulu", dije. A veces las palabras hablan más alto que las acciones, ¿sabes?

Lulu me miró de arriba abajo.

Bueno, ese enfoque no te ha servido de mucho, ¿verdad, muchacho?

Me encogí de hombros.

La vida no es un tazón de cerezas', dije. Especialmente si tienes montones".

Lulu dejó caer a Baxter en el suelo de baldosas y Sam se sentó en el sofá de pana, tratando de recuperar el aliento.

Bueno, esto es un poco para hacer, ¿no?" dijo Lulu.

Lulu le dio una caja de pañuelos a Sam, que la cogió y se limpió la cara con un puñado de pañuelos.

'Entonces, ¿supongo que nadie tiene ganas de liberarme?' dije. Esto no es bueno ni para mi circulación ni para mis varices. No soy un hombre de bien, ya sabes...'

Lulu y Sam se miraron en silencio. Era como un enfrentamiento en un spaghetti western, aunque ninguno de los dos podía considerarse "el bueno". Baxter, al menos, era adecuadamente feo. Asustaba, aunque no era tan duro como parecía. No era rival para Lulu, eso estaba claro.

Lulú se acercó por detrás y utilizó unas tijeras para soltarme las ataduras.

Estiré los brazos y me levanté. Me quité el gorro de Papá Noel y el calcetín de la perilla. Me vestí inestablemente con mi falso traje de Armani. Mientras me ponía los calcetines y los zapatos, Lulú cogió su bolso y sacó un gran rubí rojo. Lo puso en el escritorio delante de Sam.

'Sólo tenías que pedirlo, viejo tonto', dijo Lulú. Podríamos haber arreglado algo. La paciencia está al lado de la piedad, ¿sabes?

Sam suspiró.

Tenía prisa, ¿no?", dijo. Hay una seria espada de Damocles colgando sobre mí en este momento y el tiempo es realmente la maldita esencia".

No estarás otra vez con ese maldito armenio, ¿verdad?

Sí, me temo que sí.

Lulu negó con la cabeza.

"Idiota", dijo.

"Bueno, en aquel momento me pareció una buena idea", dijo Sam.

Estiré los brazos y las piernas.

Entonces, ¿esto nos convierte en novatos? le dije.

No, claro que no", dijo Baxter, limpiándose la sangre de la cabeza afeitada con la manga de su traje de Superman.

Cierra el pico", dijo Sam.

Pero tengo migraña", dijo Baxter.

Sabes, he oído que la decapitación es una buena cura para la migraña", dijo Lulu.

No me tientes", dijo Sam, mirando a Baxter. Es tan útil como un condón en un convento, ese imbécil".

"¿Dónde está Sweeney Todd cuando lo necesitas, eh? le dije.

"Oh, déjalo," dijo Baxter, sonando como un niño regañado.

Entonces, ¿bajamos todos al pub a hacer gárgaras y cantar?", dijo Lulu frotándose las manos.

Las grandes mentes beben igual", dije, rascándome la cabeza. Entonces nos vamos".

LLEGA EL SICARIO

UNO

AUNQUE NO TENÍA muchos conocimientos sobre los sórdidos tejemanejes de la mayoría de mis antepasados, el viejo Jack Bennett, mi abuelo paterno, era todo un personaje, por no decir otra cosa, y sin duda me causó una gran impresión de niño. De hecho, durante los ochenta y nueve años que pasó en este planeta, Jack parecía haber disfrutado de una vida un tanto vívida y llamativa, y las anécdotas aventureras y las escapadas emocionantes fluían fácil y prontamente de su lengua de plata, una sonrisa a menudo acechando en las sombras de cada historia chabacana.

También era una fuente constante de homilías, la mayoría de las cuales eran tan útiles como un preservativo en un convento, la verdad sea dicha, pero había una o dos perlas de sabiduría entre los cerdos, sin duda, incluyendo su sentencia a menudo repetida de "nunca confundir la información con el conocimiento, o el conocimiento con la sabiduría". A menudo sospechaba que había sacado estas *palabras del sabio* de una galleta de la suerte, o tal vez de uno de esos trozos de papel de colores que se encuentran dentro de una galleta de Navidad, pero para darle al viejo su merecido, a menudo tenía razón.

Y, por alguna nebulosa razón, volví a revivir

aquellos recuerdos mientras intentaba alcanzar a un Johnny el Zorro algo ebrio mientras cruzábamos tambaleándonos el cementerio en dirección a su bolthole.

Johnny iba característicamente resplandeciente con unas botas rojas hasta los muslos, un largo impermeable rojo de PVC y un sombrero de fieltro rojo. Atravesaba la ventisca invernal con la bravuconería que sólo tienen los ilusos y los demasiado confiados. Yo, sin embargo, iba vestida de forma mucho más desangelada y avanzaba detrás de él como una especie de compañero de fatigas de *Poundland*.

En algún lugar a lo lejos, sonó la campana de una iglesia y una bandada de cuervos atravesó la migrañosa mañana blanca de invierno. De repente me sentí agotado, y la culpa no era del frío ni de la resaca, aunque no ayudaban mucho. Todo se debía a Johnny y a su incesante parloteo.

Johnny era como una máquina de movimiento perpetuo y, una vez que empezaba a hablar de un tema, nada podía hacerle callar. Parecía ser capaz de alimentar su propio fuego de tonterías.

'Así que, verás, fue entonces cuando se lo dije al tipo. Fue entonces cuando le dije: 'Mira, tienes que ser un poco más específico', dijo, mientras atravesábamos el cementerio cubierto de nieve, con la larga gabardina roja de Johnny ondeando al viento detrás de él.

Por supuesto', dije. 'Tenías tanta razón, Johnny. Has dado en el clavo. Has dado en el clavo".

Aunque en realidad no tenía ni idea de qué estaba parloteando Johnny. Había soportado -e incluso disfrutado ocasionalmente- sus soliloquios de mierda cuando estábamos de copas en algún pub de mala muerte, pero allí fuera, a la fría luz del amanecer, eran como dedos en una pizarra. A mí tampoco me apetecía mucho el clima invernal, pero al menos iba bastante bien vestido. Llevaba un jersey negro de cuello vuelto, vaqueros negros y un abrigo Crombie negro, además de mis siempre fiables zapatos Dr. Marten. Por desgracia, me había dejado el gorro de lana en el bar Alibi, pero me las arreglaba bien a pesar de haberme afeitado la cabeza a principios de semana. De todos modos, el frío era el menor de mis problemas.

Johnny dejó de caminar y yo le seguí. Me quité la mochila y jugueteé con una de sus correas rotas, pero fue en vano. Mi cálido aliento a coñac aparecía y desaparecía delante de mí como un espectro. Johnny se volvió y me señaló con un dedo regordete, balanceándose un poco.

'Verás, lo que dije fue que el tipo fuera un poco más específico, como. ¿Sabes? Pero tenía razón, ¿eh? Quiero decir, seamos honestos, cuando empiezas a hablar de 'el gordo de Oasis' no se reduce mucho la cosa, ¿verdad, Tommy?

Me reí entre dientes.

No vas muy desencaminado, jovencito", dije.

Johnny esbozó una amplia sonrisa, mostrando sus brillantes dientes blancos. Al parecer, se los había comprado y pagado Fabio -su último novio-, un modelo de moda en decadencia con un gusto por la pólvora colombiana que nunca parecía saciarse. Por suerte para Fabio, a Johnny rara vez le faltaba esa sustancia asquerosa.

Saqué una botella de vodka Finlandia de mi mochila y se la tendí.

¿Listo para rellenar?", le dije.

Sí, claro. Desde luego que sí. Entonces, ¿de dónde demonios has sacado eso? ¿Lo has robado del bar Alibi?

Me encogí de hombros.

Bueno, eso lo tengo que saber yo y lo tienes que averiguar tú, ¿no? le dije.

La vida es un misterio", cantaba Johnny, como una Madonna desafinada.

Me arrebató la botella e inmediatamente empezó a

bebérsela de un trago, resbalando y resbalando sobre la nieve mientras tiraba la bebida hacia atrás, pero, sorprendentemente, sin caerse. Sus botas de cuero rojo hasta la rodilla estaban resultando mucho más prácticas de lo que parecían. Había añadido al vodka la cantidad de Rohypnol suficiente para noquear a Tyson Fury. Y aunque la mayoría de la gente ya se habría derrumbado, Johnny seguía parloteando. Era imparable. Como la mayoría de los cocainómanos, saltaba de un tema a otro como una cabra montesa a medio camino de los Alpes. Realmente era casi imposible seguir su proceso de pensamiento.

Verás, lo que tenemos hoy en día es como una mezcla del síndrome de Estocolmo y el síndrome de Munchausen. Últimamente, a la gente le gusta estar encerrada en casa. Están institucionalizados. Les gusta estar controlados. Les hace sentirse seguros. Te digo, nos estamos convirtiendo en una nación de namby-pamby, molly-coddled numpties. ¿Entiendes lo que quiero decir?

Asentí lentamente con la cabeza. Empezaba a sentir toda la fuerza de la sobriedad y la resaca que la acompañaba.

Lo entiendo, Johnny', dije. De verdad que sí.

Da dah da dah', dijo Johnny, riendo. Y otra... cosa...".

De repente cayó de rodillas y empezó a vomitar, produciendo una prueba de Rorschach más que pasable. Y luego cayó hacia delante, boca abajo. En cuestión de segundos estaba completamente fuera de combate.

Me incliné sobre él y le puse de lado para que no hiciera como Jimi Hendrix y se ahogara con su propio vómito.

Mientras buscaba entre sus ropas, aspiré el olor a perfume barato, cigarrillos fuertes y alcohol más fuerte. Los recuerdos agrios pisoteaban mis pensamientos con pies manchados de sangre. Encontré la fotografía borrosa en blanco y negro que buscaba y me la metí en el bolsillo del abrigo.

Robé el contenido de la cartera de Johnny, así como su reloj de pulsera Rolex, para que pareciera un robo. En un centavo, en una libra, y todo eso. También cogí las llaves de su Tesla y cualquier otra cosa que me pareciera útil, aunque en realidad no había mucho. Luego saqué la tarjeta SIM de su smartphone y la tiré lo más lejos posible. Arranqué una rama de un árbol cercano y la arrastré detrás de mí mientras caminaba hacia las puertas de hierro forjado del cementerio, comprobando de vez en cuando si había limpiado bien mis huellas. Sonreí mientras la nieve empezaba a caer como confeti.

Me puse el sombrero rojo arrugado que le había robado a Johnny. Si alguien me veía al salir del parque, seguro que recordaría el absurdo sombrero más que cualquier otra cosa. También me puse unas gafas de sol rosas envolventes: más vale prevenir que curar.

Una fuerte ráfaga de viento me cortó como un estilete.

Ouch", dije, y seguí calle abajo preguntándome en qué lío me metería esta vez. En un buen lío, de eso estaba segura.

DOS

MIENTRAS CAMINABA por la calle principal, me puse los auriculares del iPhone y escuché a *Aretha Franklin*, mientras mis botas repiqueteaban sobre los adoquines mojados. Ignoré la tentación del parpadeante letrero de neón que colgaba sobre el pub *The Severed Arms* y seguí caminando. Era una taberna decente, pero el dueño de *The Severed Arms* era Sam Newley, alguien con quien me alegraba tener buenas relaciones, pero con quien no me apetecía mucho darme cabezazos en ese momento concreto.

momento en el tiempo

Oí un grito detrás de mí y apagué la música. Metí una mano en el bolsillo del abrigo y agarré un puño de acero. Vacilante, me volví.

Un anciano con el cabello blanco como la nieve y una larga barba blanca salió tambaleándose del pub y me hizo un gesto para que caminara hacia él. Al hacerlo, me di cuenta de que el hombre iba vestido como un vaquero, aunque sin sombrero. Su barba estaba sucia y rebelde, y su traje de vaquero también estaba más que algo desgastado y roto. Al igual que el hombre que lo llevaba, presumiblemente había visto días y noches mejores.

El vaquero me dijo algo en un idioma extraño que

47

bien podría haber sido finlandés, húngaro o incluso klingon, pero que no entendí.

Lo siento, viejo, pero no entiendo un carajo", le dije con un exagerado acento cockney.

El viejo parecía confuso.

Me encogí de hombros.

No le entiendo. ¿Habla usted inglés? Czy mówisz po Polsku? ¿Parlez-vous francais? ¿Sprichst du Deutsch? le dije.

El viejo suspiró y, en un alemán entrecortado, me pidió algo de dinero para más bebida. Sonreí y asentí. Le di al vaquero la mayor parte del dinero que Johnny llevaba en el bolsillo. El viejo esbozó una sonrisa, mostrando unos dientes de lápida rota, y me dio una palmada en la espalda.

"Danke Schön", dijo el vaquero.

Me alejé con un gesto de la mano.

"Auf wiedersehen, pet", le dije.

TRES

AL DOBLAR la esquina de Dockland Road, vi a un hombre alto y enjuto y a otro bajo y regordete frente al hotel *Dockland Lodge*, fumando cigarrillos electrónicos que olían a melocotón. Ambos llevaban trileros maltrechos y gabardinas manchadas de cera. El inspector Burke y el sargento Walker tenían más aspecto de corredores de apuestas jubilados que de policías, y eran igualmente sospechosos. Ambos eran lo bastante encorvados como para desatascar un fregadero. Y desde luego no eran un par de miembros de mi club de fans, eso estaba claro. Teníamos lo que se conocía como "una historia" y la historia tenía la costumbre de repetirse, como una empanada de queso y cebolla de Greggs.

"Buggeration", dije. "¡Ahora no esos dos bufones!

Me giré bruscamente y salí corriendo en dirección contraria. Parecía necesario dar un pequeño rodeo.

Unas sirenas sonaron a lo lejos y una farola parpadeó cuando me adentré en un callejón oscuro. Mi mochila negra con la correa rota rebotaba contra mi espalda y me dolía. Di media vuelta y me dirigí hacia la parte trasera del hotel. Sentía que el pecho me iba a estallar. Mis piernas estaban a punto de doblarse debajo de mí. Jadeé, me detuve y empecé a correr de nuevo.

En la parte trasera de la tienda, la puerta de

incendios estaba, como siempre, apuntalada con un extintor. Era la única luz del oscuro callejón. Crusher Cronk, el regordete propietario del hotel, estaba sentado en un cajón de aspecto minúsculo en el exterior, fumando un cigarrillo y viendo Netflix en su smartphone.

Aminoré el paso y Crusher levantó la vista.

"Muy bien, Tommy", dijo sonriendo al ver mi sombrero. "Te has puesto en plan Harry Styles", dijo.

Si quieres", le dije, mientras pasaba junto a él y entraba en la cocina llena de migrañas. Es un signo de los tiempos, cariño".

Crusher volvió a centrar su atención en el episodio de "Cobra Kai" que había estado viendo.

Este pensamiento me animó a subir la estrecha escalera. Con suerte, no me tropezaría con ningún otro residente... ni con un huésped no invitado.

Vi que no había nadie merodeando fuera de mi habitación. Hasta ahí todo bien. Saqué mi tarjeta-llave y abrí la puerta. El billete de autobús que había colocado entre la puerta y el marco cayó al suelo. Desde luego, parecía que nadie había entrado en mi habitación desde que la dejé. Tal vez el hecho de que los policías estuvieran aparcados frente a mi hotel fuera sólo una coincidencia. Aún así... más vale prevenir que curar, así que decidí pasar del brandy y largarme.

Puse mi maltrecha maleta marrón sobre la cama y la abrí. Volqué el contenido del bolso en la maleta y luego cogí un sobre acolchado de la mesilla de noche y escribí mi nombre y la dirección de otro de mis cuchitriles en la parte delantera con rotulador negro.

Saqué la fotografía del bolsillo interior y la introduje en un libro de bolsillo de *Harry Potter*. Metí el libro en el sobre acolchado y lo cerré.

Cuando abrí la puerta del armario, oí a dos hombres hablando en el pasillo. Por alguna razón, parecían estar discutiendo acaloradamente sobre Love Island. Me desvestí en silencio, me puse un hábito de monja y metí todas mis escasas pertenencias en la maleta. Cogí el sobre y lo metí en uno de los muchos bolsillos secretos del hábito de monja. Metí el puño en otro. Luego me puse unas gafas de montura gruesa y abrí la puerta principal.

El pasillo estaba vacío, aunque seguí sintiéndome incómodo mientras bajaba las escaleras de incendios hacia la salida. Sin embargo, nadie pareció prestarme atención. Cuando salí a la calle, pude ver a un par de paramédicos cargando una camilla en la parte trasera de la ambulancia. Los detectives de la policía no aparecían por ninguna parte.

Una rubia de cabello rizado corrió hacia mí con un micrófono en la mano.

"Hola, hermana, soy Brittany Starr, de la *radio londinense LBC*", me dijo con un tono chirriante y transatlántico. ¿Qué opina de los informes sobre un brote de intoxicación alimentaria en la zona?

"Oh, eso es terrible, así es", dije, con un acento irlandés muy malo. Gafas, testículos, cartera y reloj", dije haciendo la señal de la cruz.

Le guiñé un ojo a la periodista y me dirigí calle abajo mientras Brittany me miraba, claramente confundida. Al doblar la esquina, vi un brillante buzón rojo. Saqué el sobre acolchado del bolsillo y lo metí en el buzón.

Caminé hacia la parada de autobús más cercana y me subí al primero que llegó. De momento, todo iba bien. Sólo esperaba que mi racha de buena suerte siguiera durando... esta vez...

CUATRO

EL AUTOBÚS ESTABA CASI vacío cuando llegó a la estación estación Victoria Coach. Cuando me bajé, pataleé y bostecé. Me acerqué a una tienda de bolsos, compré una bolsa Adidas y me dirigí a los aseos para minusválidos. Rebusqué en el bolsillo el cambio necesario y entré. Me cambié de ropa en un cubículo y trasladé el contenido de mi maleta a la *bolsa Adidas*. Volví unos minutos después, vestido con una chaqueta de motorista, unos vaqueros rotos y una camiseta de *Sex Pistols*. Llevaba la bolsa Adidas al hombro. Un viejo rockero punk era aún más anónimo que una monja.

"Hola", gritó un hombre larguirucho y barbudo con gafas de pasta. Esos baños son sólo para discapacitados, ¿sabes?

"Sí, bueno, yo soy un maldito discapacitado", dije. Tengo el puto síndrome de Tourette, así que vete a tomar por culo".

Le levanté dos dedos al hombre, cuya cara se puso roja. Sacó su iPhone y empezó a teclear furiosamente en la pantalla. Probablemente con la esperanza de provocar un poco de *indignación en Twitter*. Tenía pinta de ser de los que hoy en día tienen las redes sociales como sanctasanctórum.

Me reí y miré a mi alrededor en busca de un

mostrador de información. Encontré un tablero electrónico de horarios de autobuses y comprobé cuándo salía el próximo autobús al aeropuerto de Stanstead. Vi que tenía media hora y me apresuré a subir por la calle hacia la estación de autobuses de National Express. Por mí, cuanto antes, mejor. Aunque me quedaban algunas tareas por hacer antes de poder hacer La Gran Escapada. Con suerte, lo haría un poco mejor que Steve McQueen.

Al cruzar la carretera hacia la estación de autobuses, una anciana con rastas rojas y un mono verde lima chocó conmigo y maldijo en galés. La ignoré y entré corriendo en la estación de autobuses. Me pongo a la cola y bostezo mientras espero para comprar el billete. Estaba aturdida cuando subí al autobús. Busqué asiento y me puse los auriculares. A mitad de una canción de Radiohead, me quedé dormido.

Tuve un sueño. Soñé que estaba desnudo y de pie en medio de una feria desierta mientras una turba de hombres en la sombra extendía sus brazos hacia mí. Huía de ellos, entraba en un oscuro tren fantasma y me enfrentaba a un Allan Carr zombificado. Y entonces me despertaron.

Estamos en el *aeropuerto de Stanstead, amigo*", dijo el alto conductor sij mientras se cernía sobre mí. "¡Vete a la mierda, hijo!

Me guiñó un ojo y me dio una palmada en el hombro. Me froté los ojos.

"Salud", dije.

Bostezo y me estiro mientras me levanto y recojo mi maleta. Bajé lentamente del autocar y entré en el aeropuerto. Levanté la vista y vi cuándo salía el siguiente vuelo. Sonreí.

Un par de días en Barcelona nunca vienen mal. Había pasado buenos ratos allí, sin duda. Por desgracia, el refugio al que me dirigía no estaba en España. Necesitaba quedarme un poco más en Londres.

Una despedida de soltera de cuatro personas - resplandeciente con ropa brillante y globos multicolores con forma de pene- caminaba hacia la facturación de Ryanair envuelta en un manto de oscuridad. Las mañanas frías hacen eso. Bueno, eso y volar con Ryanair.

Caminé detrás de ellos, asegurándome de que me captaran las cámaras de seguridad, por si tenía que establecer un rastro falso más tarde. y luego di una vuelta rápida hacia la salida. Me quité la chaqueta de motorista, saqué de mi bolso un jersey negro de cuello vuelto y me lo puse por encima de la camiseta. Luego me puse una chaqueta de pana y un par de gafas de pasta, para completar el aspecto académico desaliñado que pretendía. Veo un taxi solitario esperando en la parada. Me metí en la parte de atrás.

"¿Dónde también, amigo?", dijo el conductor somnoliento.

Chiswick, por favor", dije, sonando lo más pijo que pude.

"El país de la cursilería", dijo el taxista sonriente.

"Mucho", dije. "Sí. Ya lo creo".

El taxista arrancó el taxi cantando *I Will Survive*. Bueno, al menos alguien estaba animado.

CINCO

ERAN las diez y cuarto de la noche de un sábado y yo estaba tumbada en la cama, dormitando a ratos. Estaba metida bajo un edredón floreado y espumoso, con un pijama de rayas, una bufanda de tartán y unos calcetines gruesos de lana que picaban más de la cuenta, pero aun así tenía un frío del carajo. La habitación parecía un congelador.

Había intentado sin éxito ver *Muerte en el paraíso* en el polvoriento televisor portátil en blanco y negro que estaba precariamente encaramado a una mesita redonda en un rincón de mi dormitorio, pero me resultaba difícil concentrarme en lo que ocurría en la pantalla. Había subido el volumen al máximo para ahogar el sonido de la música que ponían las australianas de la habitación de al lado. Al fin y al cabo, *Ed Sheeran* tenía un límite. Pero la televisión no estaba lo suficientemente alta como para ahogar la música.

Había cinco habitaciones en el sórdido bloque en el que yo residía. Las otras habitaciones estaban ocupadas por un par de australianas larguiruchas, una enfermera polaca, un cómico irlandés en paro con una peluca de mala calidad y un joven emo misterioso y un poco espeluznante que era muy reservado, como se suele asociar a los asesinos en serie y a los tiradores de instituto. La mayoría de ellos apenas influyeron en mi vida, pero a los australianos les gustaba salir de copas después del trabajo, y a veces se alargaban hasta altas horas de la madrugada. Aun así, buena suerte para ellos, pensé. Bueno, la mayor parte del tiempo.

Me puse del lado derecho, porque el dolor en el brazo izquierdo me estaba dando escalofríos. Vi que mi teléfono móvil estaba sonando. Había puesto el Nokia en vibración y no me había dado cuenta de que alguien intentaba llamarme. Me puse las gafas con montura de carey, miré la pantalla y vi que el número estaba oculto. Sospeché que seguramente era de la Gran Madre. No mucha gente conocía el número de mi actual teléfono desechable, al menos que yo supiera.

Esperé a que volviera a sonar y contesté.

El niño estaba en la cubierta en llamas/ con los pies llenos de ampollas", dijo la Gran Madre.

Solía llevar la ropa de su padre/ Pero ahora lleva la de su hermana", contesté.

Bostecé.

¿Estás comprobando mi bienestar? le dije.

Por supuesto, cariño", dijo mamá. Y asegurándome de que has conseguido el botín de Johnny el Zorro. Me alegro de que hayas vuelto a montar, por supuesto. Creo que has estado holgazaneando lo suficiente, y los holgazanes son unos perdedores. No te pagan la baja por enfermedad en esta alondra, ya lo sabes, cariño".

Me aclaré la garganta. Era como papel de lija. La noche anterior había perdido el control y estaba sintiendo las consecuencias de mis actos. Suspiré.

¿Dónde y cuándo? Le dije.

Mañana por la mañana, a las diez en punto', dijo la Gran Madre. Turnham Green'.

¿La estación de metro o el parque?

El parque, por supuesto, cariño. Qué tonto. No he estado en el maldito transporte público desde que Dios era un muchacho.

Colgó.

Me tumbé en la cama y me masajeé las sienes. Demasiado para la maldita vida tranquila.

La cara sonriente de James Corben apareció en la pantalla del televisor e hice una mueca. Cogí rápidamente el mando a distancia y apagué la televisión. Busqué un cargador en el cajón superior de la mesilla de noche y enchufé el teléfono. Puse la alarma a las ocho y subí el volumen del teléfono. Me daría tiempo suficiente para asearme y despertarme antes de reunirme con Gran Madre. La mejor práctica y todo eso. La Gran Madre podía ser un poco prejuiciosa cuando se trataba de cuestiones de sastrería.

Cogí un diazepam de un paquete que había en el armario de al lado. Me la tragué en seco, me quité las gafas y me puse los tapones. Apagué la lámpara de la mesilla de noche y me subí el edredón hasta la barbilla. Al cabo de unos instantes, cerré los ojos y dejé que me envolviera el mar del sueño.

SEIS

EL SONIDO de la *Cabalgata de las Valquirias* atravesó la oscuridad y me sacó de las profundidades del sueño por el pescuezo. Estiré un brazo y apagué el despertador de mi teléfono. Me tumbé un momento y me froté los ojos. Me levanté de la cama y me puse la bata de tartán. Cogí una taza desportillada de One Direction que contenía una maquinilla de afeitar desechable, un cepillo de dientes y un tubo de pasta dentífrica y abrí la puerta del dormitorio. Me detuve un momento, preguntándome qué había olvidado. Cogí un bote de espuma de afeitar y me lo metí en el bolsillo de la bata. Bajé unas escaleras y atravesé la sucia cocina en dirección al baño compartido, que no estaba menos sucio. No esperaba que nadie estuviera levantado tan temprano, pero cuando llegué me di cuenta de que había alguien en el baño. Una mujer cantaba *"Somebody to Love"* de Queen y lo hacía bastante bien.

Esperé un momento hasta que Natalia, la enfermera polaca, salió del baño con un fuerte olor a perfume. Llevaba el cabello rubio envuelto en una toalla y no llevaba maquillaje, pero apenas lo necesitaba. Natalia era una belleza natural y siempre me sonrojaba cuando me encontraba con ella. Hoy no fue una excepción.

Me miró y alisó su arrugado uniforme de enfermera.

PAUL D. BRAZILL

Buenos días", dije, quizá demasiado alegre para ser tan temprano. ¿Empiezas temprano a trabajar?

Sí, hoy es el turno de seis a cuatro", dijo encogiéndose de hombros y sonriendo.

Asentí y gruñí.

Lo que no nos destruye nos hace más fuertes", dije.

Natalia se rió.

En Polonia decimos que la vida es brutal y está llena de emboscadas", dijo.

¿Es cierto? le dije.

Sí, lo es", dijo Natalia, entró en su habitación y cerró la puerta con un portazo. El edificio pareció temblar.

Entré en el baño húmedo y vi el CD/radio que Natalia había dejado allí. Lo encendí y escuché News of the World mientras me afeitaba. Me duché, me sequé y apagué la radio. La habitación daba vueltas. Cerré los ojos y conté hasta diez, agarrándome al lavabo para apoyarme. Al cabo de unos instantes, me puse la bata y volví a mi habitación.

Mientras me vestía, miré por la ventana a una pareja de viejos empapados que caminaban cogidos del brazo por Chiswick High Road. Parecía que estuvieran cantando *"Frosty the Snowman"* aunque llovía a cántaros. Sonreí y saqué mi ropa del armario.

Me vestí, abrí una botella de agua mineral y me metí un diazepam en la boca. Cerré los ojos y conté hasta diez. Un viaje más al baño y estaría lista para afrontar el día que me esperaba.

SIETE

CERRÉ LAS MANOS EN PUÑOS, como me había enseñado mi carísimo médico de Harley Street, e inspiré lentamente. Aguanté la respiración un momento, la solté lentamente y aflojé los dedos. Lo hice unas cuantas veces más y empecé a sentirme mucho mejor que antes. Al menos, ya no sentía la necesidad de tomar una pastilla para aliviar la ansiedad que sentía. Los oscuros espectros del pasado se desvanecieron, pero la oficina de correos de Hammersmith seguía estando demasiado abarrotada para mi gusto.

Nunca se me habían dado bien las aglomeraciones, ni siquiera de niño, y mis viajes a la oficina de correos siempre eran un poco estresantes. El local estaba, como de costumbre, caliente, lleno y maloliente. El vil olor de las cebollas fritas flotaba en el aire. El grueso abrigo de invierno que me había puesto tampoco ayudaba mucho. Me quité el gorro, pero seguía sudando. Utilicé el sombrero para secarme el sudor de la frente y encontré un pañuelo para secar los cristales húmedos de mis gafas de montura de cuerno.

Además, la cola avanzaba muy despacio. Si la larga fila de pensionistas que tenía delante hubiera podido pagar todas sus facturas en línea como el resto del mundo, habría entrado y salido del lugar en un santiamén. pero eso nunca iba a ocurrir. A las ancianas en particular parecía gustarles charlar y quejarse con las estresadas cajeras, así como echar un vistazo a los demás trastos que las oficinas de correos parecían vender estos días: calendarios, rotuladores, cómics, libros para colorear, caretas, juguetes baratos de plástico, analgésicos, postales de la reina Isabel y chocolatinas derretidas. Y aún más baratijas fabricadas en serie.

Como de costumbre, yo era el más joven de la cola, lo cual siempre es de agradecer. Bueno, aparte de un tipo ario sonriente que había visto dos puestos detrás de mí. Era guapo, alto, rubio, con una sonrisa de quinientos vatios y vestía de forma inmaculada y elegante. Sin duda destacaba entre la multitud, y supuse que era gay o mormón. O posiblemente las dos cosas, si es que tales cosas estaban permitidas. La verdad es que no lo sabía. Los entresijos de las numerosas religiones del mundo nunca fueron mi punto fuerte. Desde que me excomulgaron de la Iglesia católica, incluso los principios de la religión de mi infancia me parecían borrosos y débiles.

Cuando llegué al principio de la cola, pasé un papel mugriento por debajo de la pantalla de cristal emborronado. Me habían sudado las manos y la cajera, de aspecto severo y gafas de cristales gruesos, lo cogió con la punta de los dedos y lo miró con disgusto.

Identyfikacja", dijo la cajera con un marcado acento polaco.

Pasé el pasaporte por debajo de la mampara de cristal. La cajera leyó mi nombre en el pasaporte y me escrutó, como si tratara de descubrir un cuadro mágico.

Tommy Bennett", dijo la cajera.

"Sí", dije, asintiendo para enfatizar.

"¿Es usted el... actor?", dijo la cajera.

"No", dije. "Desgraciadamente no. Ese Sr. Bennett en particular pisó un arco iris hace bastantes años".

Ah, es una pena. Sus espectáculos eran muy populares en Polonia... cuando yo era niño'.

Eso suena bastante bien, dije. Bueno, al menos tuvo su momento bajo el sol. La mayoría de los hombres viven en silenciosa desesperación y cosas por el estilo. O algo así.

La cajera sonrió con satisfacción y entró en un pequeño almacén. Parece que tarda un tiempo desmesurado y vuelve oliendo a tabaco con un sobre acolchado y una tarjeta de Navidad en la mano.

"¿Podría firmar esto, señor Bennett?", me dijo, deslizándome la tarjeta de Navidad. "Es para mi madre. Es una gran... admiradora de su trabajo".

Fruncí el ceño.

Pero yo no soy el actor", dije.

La cajera se encogió de hombros.

Mi madre es muy mayor. Lo que no sabe no le hace daño", dijo.

Me reí entre dientes, firmé la tarjeta y se la devolví a la mujer. Entonces ella me dio mi sobre y se marchó de nuevo, ignorando la cola de gente impaciente y olfateando que esperaba detrás de mí.

Me metí el sobre acolchado en el bolsillo del abrigo y salí corriendo de la oficina de correos.

"Aquí vamos!" Me dije a mí mismo, mientras cruzaba la calle por un paso de cebra, evitando por poco ser atropellado por un adolescente desgarbado de sexo indeterminado que balbuceaba en un Smartwatch mientras conducía su Vespa como un loco. Esas cosas eran una maldita amenaza, realmente lo eran.

Caminé hasta la estación de autobuses y me subí a un autobús casi vacío. Tomé asiento cerca de la parte trasera.

Suspiré. El autobús empezaba a llenarse. Rebusqué en el bolsillo y saqué un libro de bolsillo. Se suponía que el nuevo libro de Lars Elfmann era una buena lectura. Se titulaba *"El padrino"* y trataba de un asesino en serie

65

que escogía a alcohólicos en las reuniones de Alcohólicos Anónimos para que cometieran sus crímenes por él. Lo había empezado varias veces, pero no había conseguido meterme en él. Me había parecido un poco monótono y aburrido para mi hastiado gusto, pero quizá esta vez me iría mejor.

El autobús arrancó. Traqueteó y se agitó como un borracho en las primeras fases de la abstinencia. Muchas cosas habían cambiado desde que vivía en Londres, pero la preponderancia de autobuses viejos y destartalados no era una de ellas. Desistí de mis intentos de leer la novela negra nórdica y la dejé en su sitio. Me quedé mirando por la ventana la concurrida avenida y me di cuenta de que habían cerrado otra tienda de kebabs. Por lo que parecía, lo estaban reconvirtiendo en una cafetería vegana. Otro signo de los tiempos.

Me doy cuenta de que un enorme cabeza rapada con un abrigo de cuero negro estaba de pie fuera del edificio, con la mano en la cadera, inspeccionando el trabajo y ladrando órdenes. El monstruo era Deano Newley y, aunque probablemente no se había enterado de que yo había vuelto a Londres, quería mantener las distancias con él. Aún me dolían los huesos después de mi último encuentro con él y su hermano.

Me aparté de la ventana y me di cuenta de que el ario alto de la oficina de correos estaba de pie cerca de mí. Hablaba en inglés con su iPhone y me di cuenta de que tenía acento escandinavo. El hombre me llamó la atención y me sonrió, asintiendo con la cabeza. Instintivamente le devolví la sonrisa.

Volví a mirar por la ventanilla y vi que el autobús se acercaba a la estación de tren de Chiswick High Road, pero el tráfico avanzaba a paso de tortuga. Esta parte de la ciudad se había urbanizado mucho desde que yo vivía allí. Estaba abarrotada de brillantes bloques de oficinas de acero y cristal, y el tráfico estaba constantemente congestionado. También era mucho menos sórdida. La mayoría de los bares de striptease y las tiendas de kebab parecían haber desaparecido. Esta constatación me dejó inesperadamente un sabor agridulce en la boca.

Me volví para mirar al ario, pero parecía haber desaparecido, aunque su paradero era un misterio. El autobús, abarrotado de gente, aún no se había detenido y no veía a ningún lugareño cascarrabias cediendo su asiento a alguien tan joven y en forma como él.

Sentí un golpecito en el hombro y me giré lentamente.

El ario estaba sentado detrás de mí y seguía sonriendo.

Me entregó un ejemplar de la Biblia. Estaba en alemán.

"Un regalo de un amigo", dijo con un acento rebuscado. Sonreí, cogí el libro y me lo metí en el bolsillo, que ya estaba bastante lleno.

¿Y tú eres? le dije.

El autobús se detuvo y el joven se levantó.

"Soy... por lo tanto, creo", dijo, sonriendo, y pude ver que era alguien a quien sería muy fácil caerle mal.

Pareció deslizarse entre la multitud con facilidad y bajó del autobús antes de que yo hubiera abandonado mi asiento.

OCHO

CUANDO SALÍ DEL AUTOBÚS, hacía un día bastante agradable y salía el sol. Incluso vi un arco iris y lo tomé como un buen presagio, aunque debería haberlo sabido. Compré un ejemplar de *The Big Issue* a un joven desgarbado y lleno de manchas que estaba en la puerta de una tienda de teléfonos móviles en Chiswick High Road. Por la fuerza de la costumbre, enrollé instintivamente bien la revista para poder usarla como arma, por si acaso, y crucé la calle por un paso de cebra, evitando por los pelos que me atropellara un hippy risueño en una e-Scooter. Al acercarme a Turnham Green Park, vi a Big Mother de pie frente a la iglesia blanca que había en el centro del parque. La iglesia donde al parecer Van Gogh había trabajado ocasionalmente en tiempos pasados.

La Gran Madre llevaba en la mano un paraguas de golf de tartán, aunque no llovía, y vestía un traje de tartán de tres piezas. Llevaba el cabello rubio recogido en una coleta, como la mujer de *Better Call Saul*.

Yo había optado por llevar un jersey negro de cuello vuelto, vaqueros, cazadora motera, botas Dr. Martin y una gorra de béisbol Ben Sherman. Me había dado cuenta de que la mayoría de mis prendas estaban un poco raídas, así que quizá lo que necesitaba era una buena inyección de dinero. Aunque eso significara volver a trabajar para la Gran Madre y el Ministerio. A medida que el ascenso de Gran Madre por la escalera del Ministerio se hacía más y más exitoso, había empezado a asociarse con tipos cada vez más desagradables de lo que yo creía posible y se adentraba cada vez más en aguas peligrosas. No era ni remotamente posible disuadirla de ese peligroso camino.

Al acercarme a Gran Madre, me di cuenta de que estaba metiendo una mano en uno de los bolsillos de su abrigo y sacando migas de pan para alimentar a las palomas que pululaban a su alrededor. Sacudí la cabeza, y sólo me dolió un poco.

No deberías alentarlas, ¿sabes? No son más que malditas ratas con malditas alas", dije. Criaturas asquerosas y sucias".

Las ratas son supervivientes, cariño. De todos modos, en este mundo es la supervivencia del más fuerte, como bien sabes".

Me encogí de hombros.

"O la supervivencia del más gordo en tu caso", dijo dándome una palmadita en la barriga.

Sonreí.

Sí, bueno, en este momento estoy viviendo de la grasa de la tierra, por así decirlo. He estado devorando comida para llevar y comidas de microondas en su mayor parte".

Mamá hizo una mueca.

Nunca te ha gustado mucho Anthony Bourdain", dijo.

Me encogí de hombros.

"La comida es sobre todo funcional para mí", dije. Sólo combustible. Nada que me entusiasme, eso seguro. Quiero decir, si enciendes la tele hoy en día, todo son programas de cocina y jardinería. ¿Desde cuándo las tareas domésticas tienen el mismo estatus que Miles Davis o Charles Dickens?

Sí, bueno, antes de desviarnos demasiado del tema, ¿dónde vamos a desayunar? ¿Sigue abierto ese bonito café portugués con el dueño gruñón en Chiswick High Road?

Oh, estoy bastante seguro de que sí. Aunque normalmente es un poco caro para mí, pero si el Ministerio paga la cuenta, bueno...".

"Entonces nos vamos", dijo la Gran Madre, tirando las migas de pan por la hierba y empujando la bolsa de papel vacía a una papelera.

Cruzamos la calle y caminamos hacia el *Café Foubert*.

Quizá deberíamos coger una mesa fuera, para tener intimidad". dije.

Tal vez", dijo la Gran Madre. Pero ese viento es un poco fuerte. No me sentará nada bien. Vamos a ver si encontramos un sitio acogedor en la parte de atrás".

Cuando entramos en el cálido café, la dueña, la señora Foubert, salió de detrás del mostrador. Llevaba un vestido brillante y floreado, gruesas gafas de sol envolventes y un peinado bob rosa. Habló rápidamente en portugués y Gran Madre le contestó de inmediato. La señora Foubert sonrió, o al menos se acercó lo más posible a una sonrisa de verdad.

Seguimos a la señora Foubert hasta una pequeña cabina en un rincón de la sala. Hizo un gesto a Mamá Grande para que se sentara, y yo me senté frente a ella. Gran Madre rechazó el menú que le ofrecieron y, al parecer, pidió en portugués. La señora Foubert desapareció detrás del mostrador y empezó a gritar a alguien.

"Supongo que sigues en el vagón", dijo la Gran Madre.

"Más a menudo que no", dije, frunciendo el ceño. Pero... ya sabes. Tres ruedas en mi vagón y sigo rodando...".

Nunca digas nunca y nunca digas siempre, ¿eh, cariño? En fin, he pedido café para los dos y un tutti-frutti para mí. Si no recuerdo mal, no eres muy golosa".

"Efectivamente. Soy mucho más ácida que dulce".

La Gran Madre rió entre dientes.

De todos modos, debe ser bastante extraño para ti volver a tu antiguo barrio. Tenías una tienda de discos de segunda mano por aquí, ¿no?".

Sí, la tenía. Érase una vez. Ahora no paro de moverme y de momento... bueno, ahora estoy aquí y pronto estaré en otro sitio'.

Entonces, ¿no sientes nostalgia?

No mucha.

Gran Madre se encogió de hombros. La nostalgia ya no es lo que era", dijo.

Entonces, ¿cuál es la historia, gloria de la mañana? le dije.

Bueno, si quieres marcar un par de los innumerables favores que me haces, aquí hay otro asunto en el que tal vez puedas ayudarme", dijo la Gran Madre.

"Soy Mick Hucknall", dije.

La Gran Madre asintió mientras la señora Foubert traía los cafés. Charlaron un poco en portugués hasta que un viejo enjuto trajo un tutti-frutti y lo colocó delante de la Gran Madre, que sonrió como un gato de Cheshire.

¿Qué decías? le dije.

Mamá se tomó el café y empezó a comer su tutti-frutti.

Miré a mi alrededor. La cafetería empezaba a llenarse de madres jóvenes de aspecto desocupado, que intentaban infructuosamente lidiar con niños pequeños bulliciosos. Sus chillidos eran como la patada en el ojo de un tacón de aguja.

Casi como si me leyera el pensamiento, la Gran Madre dijo: "¿Tienes la foto?"

Se inclinó hacia mí y pude oler su aliento afrutado.

Sí. le dije.

Bueno...

"Oh, joder. Supongo que a todo resquicio de esperanza le corresponde una nube".

Le di el sobre a la Gran Madre y ella me pasó otro similar, lleno de dinero.

¿Miraste la fotografía?", dijo.

"No, tengo un carácter sensible".

La Gran Madre se rió. Se terminó el helado y se recostó en la silla con las manos cruzadas sobre el estómago. A pesar de su gran apetito, la Gran Madre seguía delgada como un rastrillo.

¿Qué te parece?", dijo,

Yo sonreí.

He oído que es mejor arrepentirse de algo que has hecho que arrepentirse de algo que no has hecho. Así que...

"Es una respuesta muy buena, Pollyanna", dijo la Gran Madre.

Ya me conoces, soy partidaria del poder del pensamiento positivo", dije.

Las dos nos reímos.

La Gran Madre se puso en pie.

Bien, entonces será mejor que me vaya. Tengo que arreglar un pequeño paso en falso con una nueva empleada. No puedo decir que me haga mucha ilusión, pero así es mi trabajo".

Se encogió de hombros y me saludó con la mano.

"Hasta luego por ahora", dijo.

"Tara", le dije.

Y todo parecía haber salido bastante bien. Parecía ser la palabra clave, por supuesto.

EL HOMBRE DE EMPRESA

JOSÉ ABRIÓ la puerta de la sala de espera. Seis hombres, con trajes grises idénticos a los suyos, estaban sentados mirando al frente. Tenían las manos apoyadas en las rodillas. José entró y tomó asiento junto al mostrador de recepción. Puso las manos sobre las rodillas e inhaló. Volvió a aspirar.

¿Quiere un pañuelo?", dijo Margot, la recepcionista, ofreciéndole una caja de pañuelos perfumados con limón.

No, gracias", dijo José sin mirarla. Es la lejía. Huelo a lejía'.

Uno de los hombres se miró las manos y las olió. Margot suspiró y sacó su iPhone. Se puso los auriculares con la esperanza de ahogar los olfateos con Lady Ga.

Quince minutos después, el teléfono rojo del escritorio de Margo parpadeó. Cogió el auricular y se lo puso en la oreja. Escuchó, asintiendo de vez en cuando.

Por supuesto, señor Tipple", dijo.

Colgó y se aclaró la garganta.

Todos los hombres se inclinaron hacia delante y miraron fijamente a Margot.

José, por favor, pasa -dijo ella.

La sombra de una sonrisa cruzó brevemente el rostro de José.

Se levantó y entró por una puerta que decía "El Director".

EL HOMBRE DE EMPRESA

El despacho del señor Tipple estaba a oscuras. Estaba sentado detrás de su escritorio de caoba y respiraba con dificultad. Detrás de él había una gran ventana. Las persianas estaban bajadas. Tipple encendió una lámpara Anglepoise. Iba bien vestido, como siempre, y llevaba una pluma estilográfica dorada en la mano.

"Por favor, siéntate, José", dijo el Sr. Tipple. "Tardaré dos minutos".

José se sentó y esperó a que el señor Tipple terminara de firmar un fajo de papeles. Pulsó un botón de su escritorio y Margot entró en la habitación y recogió los documentos.

Tipple esperó a que Margot se marchara y saludó a José con la cabeza.

La cuestión es", dijo el señor Tipple. El caso es que...

Se inclinó sobre el escritorio y miró a José a los ojos.

La cuestión es, José, que tenemos que dejarte marchar", dijo el señor Tipple.

Sonrió, parecía incómodo.

José parpadeó y dijo: "Entiendo".

"Por favor, llévale esto a Col en suministros y él se encargará de todo lo relacionado con tu... partida".

José cogió el papel amarillo del Director y se levantó. Cuando iba a abrir la puerta, se volvió y miró al señor Tipple.

Gracias, señor", dijo.

El Sr. Tipple asintió.

Buena suerte, José", dijo.

———

El despacho de Col era pequeño y estrecho. Estaba lleno de archivadores metálicos y cajas de cartón. Col era grande y pelirrojo. Olía a puros cubanos, aunque en la empresa nadie podía fumar.

José le dio el papelito a Col, que lo selló y lo metió en un archivador. Sacó una cajita de madera de otro archivador y se la dio a José.

Comprueba esto y fírmalo -dijo Col-.

José abrió la caja. Sacó la Glock, la inspeccionó y la volvió a meter en la caja.

Está bien", dijo.

Col le dio una hoja de papel rosa. José lo firmó y se lo devolvió a Col, que lo selló y lo archivó.

¿Es tu primera excursión?", dijo Col.

Sí.

Bueno, vigila los gastos", dijo Col. "No estamos hechos de dinero".

Y guiñó un ojo.

———

El Charlotte's Bistro estaba oscuro y rojo. Las Cuatro Estaciones de Vivaldi sonaban en un pequeño reproductor de CD. Un matrimonio de ancianos estaba sentado junto a la ventana, cogidos de la mano, mirando la calle empapada por la lluvia. Un delgado hombre de negocios golpeaba maníacamente su iPhone, maldiciendo en voz baja.

José se sentó en una mesita cerca de la puerta. Había terminado sus espaguetis a la carbonara y estaba a mitad de camino de tomarse una copa de coñac Maison Surrenne cuando entró Sir David, agitando su paraguas negro y rociando la sala con lluvia otoñal. Mientras la camarera se afanaba a su alrededor, José fue al servicio. Cinco minutos después volvió a salir y disparó a todos los presentes. Dos veces, por si acaso.

Al salir del bistró, recogió de la mesa el billete salpicado de sangre y lo guardó en la cartera. Lo necesitaría para reclamar los gastos.

EL BESO DE DESPEDIDA

EL BAR SALUTATION estaba sofocantemente caluroso y abarrotado de la habitual mezcolanza de inadaptados, vagabundos y vagabundos. Walter estaba sentado en una mesa junto a la ventana, mirando el vapor que salía de su café turbio. A su lado, un espantapájaros desgarbado sorbía su cerveza con todo el entusiasmo de un ex presidiario en un burdel. Cada sorbo era como un grifo goteando, goteando, goteando a lo largo de una noche de insomnio.

Fuera, el manto de la oscuridad se había extendido sobre la ciudad, y la luna mordía el cielo como un colmillo. De repente, la noche se llenó del crepitar de los fuegos artificiales cuando Lena entró en el bar como el mercurio. Se plantó ante Walter y un escalofrío de reconocimiento lo atravesó. Ella asintió y él se levantó.

Al día siguiente, una campana de iglesia resonó en la granítica mañana de otoño mientras Walter yacía desplomado contra una lápida. En su frente, una mancha de carmín y un perfecto círculo ensangrentado eran todo lo que quedaba del beso de despedida de Lena.

NADIE ES INOCENTE

WAYNE ROBINSON SALIÓ de su Mini Cooper, cerró el coche y, con resignación de Sísifo, subió lentamente la colina. Temblaba y se arrebujó en su largo abrigo negro. Sus respiraciones cortas aparecían ante él como espectros. La luz de la luna rezumaba por los húmedos adoquines de la ciudad como azogue, colándose entre las grietas y reptando por las alcantarillas. Al acercarse al bar de Marjorie, se quitó el sombrero de lana negra. El aire frío de la noche le mordió la cabeza afeitada. Empujó con cuidado la gran puerta de roble del bar. La habitación era sofocante en terciopelo rojo y cuero. Del techo de espejos colgaban lámparas de araña, pero no había más clientes. Justo como a él le gustaba.

Su hermano Kevin le había enviado un mensaje para decirle que llegaría tarde, pero a Wayne no le importaba en absoluto. Era temprano por la noche y estaba en el Marjorie's Bar, rápidamente acurrucado en su taburete habitual, contemplando con calma los dos dedos de Johnny Walker Blue que Marjorie Razorblades había colocado inmediatamente delante de él. Los cubitos de hielo parecían brillar, centellear y resplandecer bajo la luz mortecina.

Cuánto tiempo sin verte", dijo Wayne.

Sí, eres una mierda... para los ojos de la costa", dijo Marjorie.

Se había cortado el cabello en un corte recto negro como un cuervo, se había pintado los labios y las uñas de negro y llevaba un vestido negro de PVC. Tenía prácticamente el mismo aspecto que veinte años antes, cuando Wayne la había conocido trabajando detrás de la barra en uno de los clubes de striptease de su tío Paul.

He echado de menos tu encanto ofensivo", dijo Wayne. Y la música decente.

Dio un sorbo a su bebida y cerró los ojos.

Marjorie cruzó arrastrando los pies la puerta de la habitación y encendió las luces. Pulsó un botón y el polvoriento tocadiscos Wurlitzer cobró vida. Jane Morgan cantó "The Day the Rains Came". En francés.

Wayne sonrió satisfecho mientras miraba al exterior, donde la lluvia caía a cántaros y las luces de la calle brillaban reflejadas en los parabrisas de los coches aparcados. El pavimento mojado reflejaba el parpadeante letrero de neón del Marjorie's Bar. Los faros atravesaban la intensa lluvia. Un trago se fundía con otro hasta que un espantapájaros desgarbado pasó corriendo por delante de la ventana e irrumpió por la puerta.

Alto y con una larga cabellera negra, Kevin Robinson voló en medio de la tormenta como una matanza de cuervos, trayendo tras de sí lluvia y una voluta de hojas doradas. Llevaba un largo impermeable negro que ondeaba con la brisa. Tomó asiento junto a su hermano y se quitó el impermeable.

¿Ron con cola, Kevin?", dijo Marjorie.

No. El ron te pone de mal humor", dijo Kevin Robinson.

Se quitó el abrigo y sacó un sucio alzacuellos del bolsillo de la chaqueta. Se lo puso sobre la camisa negra.

Me tomaré una pinta de Guinness por ahora, dijo. Me muero por una.

Entonces, ¿no puedes conseguir una pinta decente en España?

"No es fácil", dijo Kevin.

"No esperaba veros a ninguno de los dos de vuelta en El Humo tan pronto", dijo. ¿Por qué? ¿Amor o dinero?

Wayne y Kevin se miraron.

"Un poco de ambos", dijo Wayne. Papá nos convocó, así que...".

Marjorie le dio una palmadita en la mano.

¿Otra vez lo mismo?

Wayne asintió.

"Creía que estabais en el vagón", dijo Kevin. ¿Se han salido las ruedas?

Era una carreta un poco tambaleante", dijo Wayne. Oí que también habías dejado las gárgaras".

"Cuando se está en Roma", dijo Kevin.

Sonrió a Marjorie.

"Ponnos un Jack Daniels", dijo.

Marjorie sirvió las bebidas y cayeron en el olvido como agua sucia en un desagüe.

———

Kevin Robinson parecía muerto de cansancio y no había café que le ayudara, ni siquiera el fuerte que solía tomar. Apagó la cafetera exprés y se llevó la taza a la mesa de la cocina. Wayne estaba sentado con la cabeza entre las manos y no tenía mucho mejor aspecto que su hermano. Levantó la vista cuando Kevin se sentó frente a él.

Parece que se te ha enfriado la muerte', dijo Wayne.

Kevin gruñó.

Me falta práctica, ¿no? Toda esa cerveza y vino españoles me han ablandado", dijo.

Kevin escurrió el café.

¿No estás demasiado blando para hacer este trabajo?

Preferiría que no, la verdad. Me estoy acostumbrando a la vida tranquila, pero...".

La familia es la familia".

En efecto.

La ciudad ha cambiado desde que nos fuimos', dijo Wayne.

Muy cierto. Hay cosas muy raras últimamente", dijo Kevin.

"Estoy de acuerdo. Londres se está convirtiendo en Disneylandia con ácido".

Kevin se levantó y se estiró. Caminó por la habitación.

¿Estás seguro de que papá hablaba en serio?

"Sí. Y hablaba muy en serio", dijo Wayne, buscando en el bolsillo su petaca. Añadió un chorrito de whisky a su café. Cerró los ojos y silbó una canción de Jim Morrison. Cuando los abrió, Kevin ya no estaba.

―――

La tarde se iba convirtiendo en noche mientras Wayne y Kevin caminaban por la calle Druid, antaño una de las calles más codiciadas de Londres. Ahora, al igual que el resto de la zona, era casi una zona prohibida. Los drogadictos vagaban por las calles como personajes de The Walking Dead y la visión de algún que otro borracho daba a la zona un toque de clase. Todas las casas adosadas de la calle estaban tapiadas menos una. La número 13.

Wayne llamó a la puerta. Nada. Volvió a llamar. Al cabo de unos instantes, se abrió el buzón.

"¿Eres tú, Kevin?", dijo una voz frágil y carrasposa.

"Sí, Barbara", dijo Kevin.

"¿Es domingo?", dijo Barbara Burke.

No, me han enviado para darte un mensaje. ¿Me dejas entrar?

Abrió la puerta.

"Rápido", resolló.

Se alejó arrastrando una botella de oxígeno. Los hermanos entraron en la casa. Wayne cerró la puerta tras de sí. El lugar apestaba a muerte y decepción. Y a arenques.

Los hermanos Robinson siguieron a Barbara hasta el salón, donde ella se sentó en un sofá desgastado.

Sírvanse una copita de vodka si les apetece", dijo. No es más que esa cosa ucraniana, pero hace su trabajo".

"No, gracias", dijo Kevin, asomándose por encima de ella.

"Esto es más un negocio que un placer", dijo Wayne. Me envía mi padre".

Barbara asintió lentamente y se colocó la mascarilla de oxígeno sobre la cara durante unos minutos. Wayne echó un vistazo a la habitación. Era un museo de glorias pasadas. Las paredes estaban llenas de fotografías descoloridas. Suspiró.

Robby Robinson quería comprarle a Barbara el número 13 de la calle Druid porque el ayuntamiento iba a dictar una orden de expropiación de la calle muy pronto, antes de venderla a algún supermercado. Robby Robinson ya tenía el resto de las casas de la calle y sólo Barbara se resistía. Se estaba muriendo de un cáncer de pulmón provocado por la asbestosis y quería morir en el lugar donde había nacido.

Barbara se quitó la máscara de oxígeno.

"La respuesta sigue siendo no", ronca.

Jugueteó con un paquete de cigarrillos Benson and Hedges.

"¿Puedo fumar?", dijo.

Kevin miró la bombona de oxígeno y tuvo una idea. Miró a Wayne y le guiñó un ojo.

¿Puedes esperar a que me vaya, Barbara? Tengo asma, dijo Kevin.

Barbara asintió.

"No estuvo mal en su día, ¿eh?", dijo Wayne.

Kevin entró en la cocina. Estaba sucia. Abrió el gas.

"Nací aquí. Me casé aquí. Aquí tuve a mis hijos. Sólo quiero morir aquí. No es descabellado, ¿verdad?", dijo.

No lo es, dijo Kevin, mientras volvía al salón.

¿Se lo dirás a tu padre, Wayne?

Se lo diré", dijo Wayne.

Y nosotros saldremos, dijo Kevin. Ahora.

Señaló con la cabeza a Wayne, que se dirigió a la puerta.

Tara, Barbara.

"Tara, muchachos", dijo ella.

En cuanto cerraron la puerta, empezaron a correr calle abajo, pero ya estaban a un par de calles de distancia cuando oyeron el estruendo.

"Ya está hecho", dijo Wayne.

"Cenizas a las cenizas", dijo Kevin, haciendo la señal de la cruz.

UNA NOCHE LLUVIOSA EN EL SOHO

EN LA SALA de espera se oía a muzak: sintetizadores somnolientos y saxofones que bostezaban. Las paredes de color pastel estaban cubiertas de pinturas abstractas genéricas -todas salpicaduras, puntos y líneas nítidas- que probablemente valían una fortuna. La vista desde la ventana era estupenda, a pesar de que el cielo era gris granítico. El horizonte de Manhattan era todo lo que se suponía que debía ser.

Toni Solitaire comprobó su reflejo en el espejo que colgaba de la parte trasera de la puerta, sabiendo que no había una segunda oportunidad para causar una primera impresión. Sobre todo, con clientes importantes como el que estaba a punto de conocer. Estaba satisfecha con lo que veía. Parecía tan afilada como una navaja de afeitar. Vestido todo de negro, con gruesas gafas de montura negra y la cabeza recién afeitada, pensó que parecía más un psiquiatra neoyorquino de éxito que un detective privado en apuros, aunque sus prendas de diseño fueran todas de imitación.

Cogió una revista de la mesita de caoba y la hojeó. Estaba leyendo un artículo sobre si Supermán era o no un esquirol -sobre cómo la costumbre del hombre de acero de trabajar gratis estaba reduciendo los salarios de policías y bomberos trabajadores- cuando oyó la tos.

La noche anterior había estado jugando a parecerse a un famoso con su compañero de piso Nathan, que era idéntico a Martin Short en la época de "El padre de la novia". Se había decidido que la propia Solitaire era como Sigourney Weaver en la época de "Alien 2". Cuando levantó la vista, vio un parecido más que aceptable con Lauren Bacall en la puerta de su despacho. La doctora Katherine Howard era elegante, alta y hermosa. Llevaba el cabello negro azabache recogido y unas gafas de media luna colgaban de una cadena que llevaba al cuello. Solitaire supuso que la ropa de diseño de la doctora Howard era de buena fe. A diferencia de Solitario, ella era una psiquiatra neoyorquina de éxito y podía permitirse lo mejor.

"¿Señora Solitaire?", dijo con una voz ronca que encajaba perfectamente con su aspecto.

"Esa soy yo", dijo. La única en la ciudad".

Le guiñó un ojo.

Bueno, eso no lo sé, pero desde luego parece que no hay demasiadas mujeres detectives privados hoy en día, lo admito", dijo con una cálida sonrisa.

Katherine le tendió una mano perfectamente cuidada.

"Katherine Howard", dijo. Se estrecharon. ¿Te llamo Antoinette o simplemente Toni?

Llámame como quieras, pero no me llames pronto".

Le guiñó un ojo. Katherine sonrió débilmente.

Solitaria se encogió.

"La mayoría de la gente me llama Solitaria", dijo.

"Ven a mi despacho", dijo Katherine.

Desde luego, no era la primera vez que Solitaire entraba en el despacho de una jefa. Ni mucho menos. En el pasado, sin embargo, el diseño de las habitaciones había sido anónimo, minimalista, espartano. Sin ningún rastro de personalidad. Al igual que la mayoría de los psiquiatras que había encontrado, la verdad sea dicha. Pero el despacho de

Katherine Howard era diferente, lo que la llevó a creer que ella también era diferente de esos otros psiquiatras.

En una pared había un gran grabado de Nighthawks, de Edward Hopper, y en otra varias portadas de discos de vinilo enmarcadas: Miles Davis, John Coltrane, Bessie Smith, Tom Waits, Van Morrison, Edith Piaf. Había fotografías de Katherine Howard en compañía de varios famosos: Martino, David Bowie, George Clooney, OJ Simpson. Había una estantería de pared con discos de vinilo y una librería con obras de Albert Camus, Dostoievski y Graham Greene, entre otros. Solitaria se dio cuenta de que era un despacho más masculino de lo que esperaba.

Siéntese, por favor -dijo Katherine.

Solitaire se sentó en un sillón de cuero.

"Bonita habitación", dijo Solitaire. No es lo que esperaba. No es la típica consulta de psiquiatra".

No veo a mis pacientes aquí, dijo ella. Este es mi sanctasanctórum. Mi dojo. Mi hogar lejos de casa. ¿Quiere café o té?

Un expreso estaría bien.

Se acercó a una máquina y preparó dos expresos negros, le dio uno a Solitario y se sentó en el borde del escritorio.

¿En qué puedo ayudarle, doctor?", dijo Solitario.

"Llámeme Katherine. No es nada complicado, de verdad. Sólo quiero que encuentre a mi marido".

¿Cuánto tiempo lleva desaparecido?

Sólo unos días. Parece que Howard se ha metido en una de sus borracheras -lo hace de vez en cuando- y lo necesito aquí para que firme unos papeles importantes".

Le entregó un papel a Solitario.

Estos son sus lugares habituales de copas. Seguro que está en alguno de ellos", dijo.

Solitaria miró la lista.

No soy de las que rechazan el trabajo, pero ¿por qué

no puedes ir tú? No parece una tarea tan difícil, ya que sabes muy bien dónde estará".

Soy un alcohólico en recuperación, Sra. Solitaire. Sería demasiada tentación. Especialmente en circunstancias tan estresantes".

"¿Espera que sea estresante?"

Por supuesto. Tendrás que usar tu cerebro además de tu fuerza para sacar a Howard de ahí. Ya sabes cómo es, ¿verdad?

Bueno...

Estoy segura de que la reputación de mi marido le precede.

Solitario sonrió.

Seguro. Es escritor de novelas policíacas y tiene mucho éxito. Supongo que los escritores se rigen por reglas distintas a las del resto de nosotros", dijo Solitario.

Tal vez. O tal vez es sólo una excusa para la auto-indulgencia", dijo Katherine.

Tú lo sabes mejor que yo".

Sí, dijo Katherine. ¿Puedo preguntarte por tu nombre? Es un poco raro".

Sí, es mi verdadero nombre y sí, antes de que preguntes, estoy emparentada con Antoine Solitaire. Soy su hija, por mis pecados'.

Antoine Solitaire. Bueno, había un hombre que se regía por unas reglas diferentes a las del resto de nosotros'.

"Ciertamente lo hizo. Para bien o para mal.

¿Cuánto hace que desapareció?

Cinco años.

¿Alguna pista sobre el caso?

No. No hay mucho que la policía pueda hacer, salvo desenterrar medio Brooklyn'.

¿Tu madre sigue viva?

"Claro. Viva y pateando traseros. Literalmente. Dirige un dojo en el centro".

¿En serio?

Sí. Trabaja con una antigua estrella del cine de acción. Enseña los cinco dedos de la muerte a los geriátricos locales".

Katherine se acercó a la ventana y las nubes negras se extendieron como un cáncer por el horizonte.

Es una vida llena de sorpresas", dijo.

Claro que sí.

Solitaire terminó su café y se puso de pie.

Bueno, será mejor que me vaya. Me espera una larga caminata por el bar, por lo que parece", dijo mientras miraba el papelito que le había dado Katherine.

Es un trabajo sucio, pero alguien tiene que hacerlo. Te llamaré en cuanto lo encuentre.

Katherine asintió.

Por cierto, Howard es un gatito, incluso cuando está borracho, pero si está con Bertie, será mejor que tengas cuidado'.

"Ese no sería Bertie el Perno, ¿verdad?"

Me temo que sí.

Y yo también, pensó Solitario.

———

'Oh, Shane Malone era un sabueso de trufas para la tragedia', dijo Howard J. Howard, con sus ojos oscuros brillando mientras las luces del Mucho Mojo Club se apagaban. El bar, situado en el corazón del Soho neoyorquino, estaba menos concurrido de lo habitual.

Tenía una forma de olfatear a las personas que habían sufrido algún tipo de trauma. Una habilidad para localizar su daño, por así decirlo. Para sacarlo de ellos como una perla de una ostra. Ahora, hay quienes consideran que es un ejemplo de su empatía. Pero había muchos, yo incluido, que pensaban que era su forma de equilibrar las cuentas con el universo por todo el sufrimiento que había pasado. Fuera lo que fuese, Shane reconocía una cagada cuando la veía".

Howard J. Howard era un hombre corpulento. Se golpeaba contra la barra mientras se balanceaba hacia delante y hacia atrás. Tenía peor aspecto después de su sesión de bebida de tres días. Su calva sudorosa brillaba bajo las luces ahumadas del bar. No estaba afeitado. Tenía los ojos enrojecidos. Su caro traje de raya diplomática estaba arrugado y manchado de diversos líquidos.

Estaba apoyado en la barra bebiendo un Jack Daniel's grande. Bertie el Perno estaba de pie frente a él, bebiendo a sorbos media pinta de Sam Adams. Bertie era bajo, férreo y llevaba un traje similar al de Howard. Asentía profusamente a cada una de las intervenciones de Howard, mirando de vez en cuando las fotografías de boxeadores famosos que colgaban detrás de la barra, preguntándose si sería capaz de enfrentarse a alguno de ellos.

Recuerdo a Shane", espetó Bertie, soltando saliva. Era un cabrón suave, de acuerdo. Un cabrón guapo'.

El acento del este de Londres de Bertie a veces molestaba a Howard, pero como anglófilo que era, le venía bien. Además, necesitaba a Bertie como material de investigación para sus exitosas novelas policíacas. Howard era hijo de dos abogados educados en Harvard. No tenía ninguna incursión en la fraternidad criminal. Bueno, no el tipo de criminales sobre los que escribía.

De hecho, Shane era encantador. Podía vender helados a los esquimales. Y las mujeres lo adoraban, por supuesto. Especialmente las mujeres de cierta edad. De ahí su relación con Martha.

Sí, Martha. La recuerdo. Martha Lawson, ¿no?'

'Lo era, en efecto. O al menos lo fue hasta que se divorció de Walter. Pobre viejo desventurado Walter Lawson. Un gran artista pero un cornudo profesional'.

Bertie se rió.

Sí, ¿cuántas esposas lo llevaron a la tintorería?

Por lo menos cinco, si incluimos el matrimonio de veinticuatro horas en Las Vegas que provocó su fatal ataque al corazón. Y supongo que deberíamos, ya que era lo habitual en los encuentros románticos de Walter".

Sí, el viejo Walter era desafortunado en el amor y una mierda en las cartas también.

"De ahí los usureros que lo perseguían por todo el país."

Bertie hizo sonar una campana que estaba colocada al final de la barra. Carla, la dueña rubia y teñida, se levantó de su taburete y les sirvió otra ronda de bebidas.

"¿Decías algo de Shane?", dijo Bertie.

"Ah, sí. Bueno, nuestro falso amigo irlandés ha vuelto a caer de pie".

¿Estás de broma? Pensé que después de que Martha se superara a sí misma, él sería persona non grata.

La mayoría pensaba lo mismo. Pero parece que descubrió un suministro secreto de pinturas no descubiertas previamente. Pintadas por Walter, por supuesto.

"¿Antes de morir?"

"Bueno, difícilmente podría haberlos pintado después de su muerte, aunque no me extrañaría que Shane intentara esa vieja historia.

"Y supongo que Shane todavía tiene los derechos de las pinturas de Martha."

"Por supuesto. Y tiene al menos dos exposiciones de material inédito".

Por Shane Malone. Si se cayera en el Hudson, saldría con el bolsillo lleno de pescado.

———

Howard estaba en sus cacharros. Estaba desplomado sobre la barra manchada y pegajosa tarareando una vieja canción rebelde irlandesa cuando una rubia alta entró en el bar con aspecto de dar un largo trago de agua a un hombre sediento. O, pensó Howard, entró deslizándose. Tenía el cabello largo y liso. Sus labios eran dolorosamente rojos. Llevaba un vestido dorado corto y brillante que hacía que sus largas piernas de medias negras parecieran aún más largas.

Le guiñó un ojo a Howard mientras se acercaba a una vieja y polvorienta gramola y echaba un puñado de monedas. Pulsó unos botones y James Brown empezó a cantar "It's a man's, man's world".

Se acercó a un Howard J. Howard con los ojos desorbitados y sonrió.

"Me aburro", dijo Solitario. ¿Me invitas a una copa?

"Claro", dijo Howard. ¿Qué quieres tomar?

"Dos dedos de ojo rojo. El whisky me pone juguetón".

La gárgola de detrás de la barra estaba sirviendo las bebidas cuando Bertie el Perno salió de los aseos. A Solitaire se le encogió el corazón. Esperaba que estuviera demasiado borracho para darse cuenta de su disfraz.

Bertie se subió la bragueta y se olisqueó los dedos. Sonrió al ver a Solitaire. Si hubiera jugado a parecerse a un famoso, habría elegido a Ving Rhames como Howard. Y Bertie era puro Wayne Roth. Era como estar en una noche temática de Tarantino.

Bueno, bueno. Creo que tenemos una chica trabajadora en el local", balbuceó mientras se tambaleaba hacia Solitario. "Y una muy cara, me imagino".

Le rodeó la cintura con un brazo peludo. Aun así, la calidad cuesta", dijo.

Solitaire suspiró. Esperaba seducir a Howard para que volviera a su hotel. Encerrarlo en la habitación hasta que se secara. Pero la presencia de Bertie el Perno complicaba un poco las cosas. Decidió ir al grano.

En cuanto el camarero se dio la vuelta, le dio un codazo en la garganta, lo hizo tropezar y lo tiró al suelo. Intentó ponerse en pie. Ella lo acercó, sacó una pistola eléctrica de su sujetador y se la puso en el cuello.

"Qué demonios...", dijo Howard, mientras Bertie se desplomaba sobre el suelo de madera.

El grito se mezcló con el gemido de la pistola eléctrica cuando empezó a cargarse de nuevo. La apretó contra el cuello de Howard y lo atrapó antes de que cayera al suelo.

"Creo que este tipo ha bebido demasiado", le dijo Solitaria a Carla, que se tambaleaba detrás de la barra. Solitaria le lanzó un beso mientras acompañaba a Howard fuera del bar.

———

Howard J. Howard había oído que la gente se adentraba en un túnel blanco antes de morir. Desde luego, él se sentía como si hubiera muerto, mientras se retiraba la piel de los ojos. La habitación estaba iluminada por una migraña. O tal vez tenía migraña. Por suerte, nunca las había padecido, pero así se las imaginaba. La cabeza le latía con fuerza, el sudor le acupunturaba los poros. Tenía ganas de vomitar. Ah, sólo era una resaca. Y él había experimentado suficientes de ellos en su tiempo para saber que no eran fatales, no importa lo mal que se sentían. Aunque ésta era diferente.

La habitación era desconocida, sin duda. Una habitación de hotel anónima por lo que parecía. Había pasado muchas noches en habitaciones así, por supuesto. Sobre todo cuando bebía. Necesitaba orinar y luchó por ponerse de pie, pero se cayó al darse cuenta de que estaba desnudo y esposado a un radiador. ¿En qué lío se había metido esta vez? Cerró los ojos y esperó sumirse en el olvido del sueño.

Se abrió una puerta y oyó una risita. Abrió los ojos.

Katherine estaba frente a él con una mano en la cadera. Llevaba una carpeta negra en la otra mano. Llevaba un abrigo negro y gafas de sol. Como si fuera a un funeral.

Katherine. ¿Qué demonios pasa?", dijo Howard.

Buenos días, cariño. Sólo necesito interrumpir tu estancia unos momentos y luego podrás volver a divertirte", dijo.

Se arrodilló delante de Howard y le dio el sobre.

"Firma aquí y te daré la llave de las esposas".

Howard suspiró.

"Necesitaré un bolígrafo", dijo Howard. Y una copa estaría bien.

Espera -dijo Katherine.

Se acercó al bolso que llevaba en la cama y trajo un bolígrafo y un termo. Se los dio a Howard. Howard abrió el termo y olfateó.

¿Qué hay aquí?", dijo.

"Tu famoso cóctel de diazepam y analgésicos. Te ayudará a calmarte, de momento".

Howard bebió un sorbo y luego un trago.

"Tómatelo con calma -dijo Katherine-. Sobre todo si vas a beber más tarde. Y estoy segura de que lo harás".

"Me conoces, querida. Soy un modelo de moderación".

Famosas últimas palabras, pensó Katherine.

———

Bertie el Perno echaba humo. Ya era bastante malo ser noqueado, pero ser noqueado por una mujer lo hacía aún peor. Por un momento se convenció a sí mismo de que no había sido una mujer la que le había golpeado, sino un travesti. Pero eso parecía aún peor. Se había pasado la mañana en sus encías privadas y estaba hecho polvo. Sudaba como Donald Trump en un concierto de Gloria Estefan.

Bertie se duchó y se cambió. Entró en su ático y se

sirvió una copa. Miró por la ventana el horizonte de
Nueva York. Estaba amaneciendo. Parecía sacado de
una película de Woody Allen, aunque Bertie no
soportaba ni a Allen ni sus películas. No le gustaba la
comedia en general. Para él, la vida no era cosa de risa.
Sin embargo, la vista era un símbolo de lo lejos que
había llegado desde las callejuelas de Bermondsey. Su
encuentro casual con Howard J. Howard en
Stringfellows todos esos años atrás había cambiado su
vida, sin lugar a dudas. La mayoría de las historias que
Bertie le había contado a Howard a lo largo de los años
eran patrañas, por supuesto. Cuentos de viejas y
leyendas urbanas. Pero convencieron a Howard de que
Bertie era auténtico y le dieron trabajo como asesor del
escritor en sus novelas. Lo que más tarde había metido a
Bertie en el negocio del cine. Y qué dinero para la vieja
cuerda que era, también.

Fue a la cocina y se preparó un capuchino, luego se
sentó frente a su televisor de pantalla curva y lo
encendió. No parecía haber nada más que telerrealidad.
Navegó un rato por los canales y acabó en uno local de
arte. Así fue como se enteró del ataque al corazón de
Howard J. Howard.

———

Solitaire no podía parar de reír.

"No tiene gracia", dijo Nathan North. Soy un hombre
fuera del tiempo'.

"Como la canción de Elvis Costello", dijo Solitario.

No la conozco.

¿Algo sobre llevar el abrigo de un detective privado
y los zapatos de un muerto?

Entiendo que te guste", dijo Nathan.

Estaban sentados en el loft de Solitaire, que también
hacía las veces de despacho y que parecía una parodia
de la oficina de un detective privado, por las persianas

venecianas y el escritorio con papel secante y una lámpara Anglepoise. Carteles de películas de Private Eye cubrían las paredes: El halcón maltés, Chinatown, El gran sueño, incluso El largo adiós, aunque ella odiaba la película. Un vinilo del álbum de debut de The Lounge Lizards sonaba a bajo volumen. El aire acondicionado estaba a tope.

Nathan iba vestido de esmoquin. Había pasado la noche anterior en la Ópera Metropolitana de Nueva York, aguantando a Mahler para contentar a su madre. Había dormido todo el día en el sofá de Solitario y se había tomado un café expreso. Solitaria llevaba unos vaqueros negros y un jersey negro de cuello alto. Bebía un martini. Era poco después del mediodía y Nathan seguía con resaca, intentando sin éxito crear su primera cuenta de Facebook. Daba golpecitos en el portátil de Solitario y gruñía.

Todavía no sé por qué tengo que registrarme en Facebook", dijo.

Te lo dije. Hoy en día, sólo los asesinos en serie y los sociópatas no tienen cuenta en Facebook. Gente con algo que ocultar. Además, aumentará tu potencial de citas".

Dio un sorbo a su bebida.

Dudo seriamente que 'salir con alguien' sea una palabra real, pero haré lo que me pides", dijo Nathan. Como siempre.

Solitaria estaba ensimismada cuando Nathan le dio un golpecito en la rodilla.

¿Qué es una página de fans?

Bueno, algunas personas tienen cuentas privadas y, si son famosas o se creen famosas, también tienen una página de fans oficial. La mayoría de los músicos y escritores tienen una. ¿Por qué?

Bueno, según tu página de fans de Howard J. Howard, el tipo está muerto".

¿Qué?

Apartó a Nathan del camino y leyó la esquela.

Solitaria se arrellanó en su sillón. Pensó en un escenario que ya se le había pasado por la cabeza. Cómo Katherine heredaría el dinero de Howard. Qué conveniente sería un infarto mortal. Luego reflexionó un poco más y decidió que, de todos modos, el tipo era un gilipollas.

¿Querías darle a 'me gusta' en ese post?", dijo Nathan.

Solitaire sonrió, se sirvió otra copa y dejó que el alcohol la envolviera.

PLACERES DESCONOCIDOS

SARAH SAINT CLOUD sacó el espejo de mano de su bolso Salvatore Ferragamo y comprobó su aspecto. Como de costumbre, estaba satisfecha con lo que veía, pero de todos modos introdujo algunas mejoras. Se alisó la boina de cuero negro y se aplicó una capa de pintalabios Ruby Woo. En el espejo pudo ver a un par de tipos sospechosos con sudaderas oscuras acechándola por detrás. Murmuraban entre ellos en un extraño idioma extranjero. Sarah se estremeció. Siempre se sentía incómoda nada más bajarse del metro en la estación de Acton Town. El lugar parecía sacado de una triste película de arte y ensayo de Europa del Este, y olía como un baño público.

Su iPhone zumbó. Sarah lo sacó del bolso y miró la pantalla entrecerrando los ojos. Era su hermana, Catherine, y estuvo tentada de ignorarlo, pero tocó la pantalla de todos modos.

Como de costumbre, Catherine no esperó respuesta y se lanzó a un monólogo sobre la estúpida cajera española que se había encontrado en Marks and Spencer's aquella mañana. Sarah interrumpió la perorata con algún que otro "de verdad" mientras miraba alrededor de la estación de tren. Miró a la gente, la mayoría de los cuales no parecían muy diferentes de

101

los que había visto en Hampstead y Knightsbridge, supuso, pero de todos modos no soltó el bolso.

Finalmente, Catherine le preguntó cómo estaba Sarah.

Oh, estoy bien... no, no, estoy en Acton. En la estación de metro.... Sí, lo sé. He quedado con Robert... ¿No te lo he dicho? Es un actor prometedor, énfasis en lo de prometedor, cariño. Sí, espera usarme para pasar de Hollyoaks a Hollywood.... oh, lo sé, pero más tonto él. No es exactamente la herramienta más afilada de la caja, pero está colgado como un burro así que... oh, sí, adiós.'

Sarah estaba segura de que podía sentir la desaprobación de Catherine incluso a través del teléfono, pero a Sarah no le importaba. De todos modos, no estaba haciendo nada que su marido no estuviera haciendo también.

La aventura de Julian Saint Cloud con su asistente personal no había sido una gran sorpresa para su mujer, por supuesto. Nunca había sido capaz de mantener su arrugada polla dentro de los pantalones demasiado tiempo y Sarah se habría sorprendido más si no se hubiera estado tirando a Tess Carver. Aún le sorprendía que el padre de Julian hubiera sido bibliotecario. Un hombre sobrio y manso, según todos los indicios.

De hecho, las numerosas relaciones sexuales de Julian habían sido parte del precio que Sarah había sentido que tenía que pagar para vivir la buena vida, aunque había estado a punto de dejarlo en más de una ocasión. Por supuesto, había un problema con esa forma de proceder y, como siempre, el problema era el dinero. O la falta de él. Aunque no estaba exactamente arruinada, Sarah no podría vivir de la manera a la que se había acostumbrado sin el dinero de Julian. Así que los escarceos ocasionales con gente como Robert el Bruto eran su forma de vengarse. Al menos por ahora.

Salió de la estación de tren y se dirigió a

Gunnersbury Lane. Llovía a cántaros y no había traído paraguas. Vio un taxi solitario en la parada y corrió hacia él todo lo rápido que le permitieron sus zapatos Jimmy Choo, pero entonces el maldito taxi se marchó salpicando un charco.

Mierda", dijo Sarah.

Sarah oyó risas y el clic, clic, clic de unos tacones altos sobre el pavimento mojado. Se volvió. En la esquina de la calle, bajo una farola parpadeante, una mujer alta sostenía un paraguas negro y fumaba un cigarrillo. Su silueta parecía aparecer y desaparecer como el aliento caliente en el frío cristal de una ventana.

Llevaba el cabello negro cortado a lo Louise Brooks. Llevaba un impermeable rojo de PVC y unos brillantes tacones de aguja negros, y Sarah se sintió de repente inusualmente desaliñada.

Lena se acercó lentamente a Sarah y le dijo con un fangoso acento francés:

"¿Quieres compartir mi paraguas?"

"Gracias", respondió Sarah.

Sarah se acercó a la mujer y casi se sintió asfixiada por su fuerte perfume. Reconoció que era Fleur d'Oranger de Fragonard, uno de sus favoritos. Su olor se mezclaba con un aroma de nicotina y brandy y resultaba embriagador.

No podría pedirte prestado un cigarrillo, ¿verdad? Olvidé el mío.

Por supuesto. Coge esto", dijo la mujer. Le dio el paraguas a Sarah y buscó en su bolso D&G un paquete de Gauloises. Le dio el paquete a Sarah y le devolvió el paraguas.

Gracias. Se supone que tengo que dejar de fumar, pero, bueno, ya sabes", dijo Sarah.

"Sí, lo sé. Todos hacemos cosas que no deberíamos. Hay un mechero en el paquete", dijo la mujer.

"Salud", dijo Sarah.

"Santé", dijo la mujer.

Sarah sacó un cigarrillo y lo encendió con un mechero Zippo.

"Por cierto, soy Sarah", dijo.

"Lena", dijo la mujer. "Encantada".

Sarah dio una larga calada al cigarrillo. Hacía semanas que no fumaba.

"¿Eres de aquí?", dijo Sarah.

"Originalmente, no", respondió Lena. "Soy de París, o por ahí, aunque ahora Londres es mi hogar".

Qué bien. Yo soy de Bristol. Otra exiliada. ¿Qué te parece Acton?

Está bien, supongo. Aunque yo no vivo aquí. Vivo en Stratford. Sólo vengo a Acton por trabajo. Tengo una entrevista de trabajo en un pub local. Estoy esperando a que me recoja mi jefe".

Sarah suspiró y miró a su alrededor.

¿Hay un bar por aquí?

Lena se encogió de hombros.

"Sí. Hoy en día no es fácil trabajar en Londres", dijo.

"Creía que las calles de Londres estaban pavimentadas con oro".

"Bueno, tal vez yo sea una de esas personas que cayeron en las grietas de las aceras".

Hay lugares peores, supongo, dijo ella. Quiero decir, ciertamente he vivido en lugares peores, pero no es exactamente... bueno, no es París, ¿verdad?

"Bueno, París no es exactamente París hoy en día", dijo Lena. "Quizá nunca lo fue".

Sonrió.

"La nostalgia ya no es lo que era", dijo Sarah.

Lena sonrió. Un BMW negro dobló la esquina y se detuvo frente a ellas. Una mujer de cabello plateado sacó la cabeza por la ventanilla.

"¿Eres Lena?", dijo Marjorie.

"Sí", respondió Lena.

Bueno, sube, el pub está a la vuelta de la esquina, dijo Marjorie.

Lena tiró el cigarrillo a la acera mojada y lo pisoteó.

'Toma, quédatelo', dijo, dándole el paraguas a Sarah.

"Gracias", dijo Sarah.

Lena abrió la puerta del coche y entró dando un portazo.

El coche derrapó y Sarah subió por la calle hasta una peluquería cerrada. El piso de Robert estaba encima de la tienda. Llamó al timbre y él asomó la cabeza por la ventana. Llevaba el cabello revuelto y no estaba afeitado, pero seguía siendo muy guapo.

"Muy bien, muñeca", dijo Robert, con su típico acento amanerado. Toma. Coge esto".

Lanzó unas llaves que Sarah no alcanzó a coger. Cayeron en un charco.

Al agacharse para recogerlas, se dio cuenta de que el BMW en el que se había subido Lena estaba aparcado frente a un gran edificio con las ventanas oscurecidas.

Abrió la puerta y subió las escaleras hasta el piso de Robert. El lugar apestaba a hierba, como de costumbre.

Sarah entró en el salón. Robert estaba guardando cuidadosamente en su funda una copia en vinilo de un álbum de Lana Del Ray. Estaba desnudo, salvo por unos calzoncillos negros de seda.

"Buenas noches, muñeca", dijo sin volverse para mirarla. "Ha sido una sorpresa volver a saber de ti después de tanto tiempo. Pero has llegado en el momento perfecto".

Puso un disco de Miles Davis en el tocadiscos y se dio la vuelta. Sarah pudo ver su erección asomando a través de sus calzoncillos Marks and Spencer.

Sarah sonrió y dejó el bolso y el paraguas en el sofá. Se acercó a Robert y le cogió el pene con la mano.

"Hola, marinero", dijo ella.

Robert le metió la lengua en la boca y deslizó una mano entre sus piernas. Le masajeó las bragas de Cristina Aielli antes de darle la vuelta e inclinarla bruscamente sobre el sofá. Le subió el vestido, le bajó las bragas y le metió la polla. Aún podía oler el perfume de Lena y eso excitó aún más a Sarah. Robert le quitó la boina y tiró de su larga melena rubia. Emitió un familiar gruñido que significaba que había llegado al orgasmo más pronto que tarde.

'Salud, muñeca', dijo Robert. Eso sí que ha dado en el clavo'.

Sarah suspiró.

"Sí, ha sido genial", dijo.

Como de costumbre, después de follar, Robert corrió al baño. Le obsesionaba la limpieza. Culpa católica, supuso Sarah. Se subió las bragas y se acercó al armario de las bebidas. Se preparó un gin-tonic y se lo bebió mientras Robert se duchaba. Se preparó otro trago cuando él salió del baño. Tenía los ojos y la piel en carne viva.

Sarah miró por la ventana.

"¿Qué es ese edificio al otro lado de la carretera? El grande y negro".

Robert cogió una lata de Fosters.

"Oh, bueno, solía ser una funeraria y luego fue un club de baile erótico llamado Club Gabriel", dijo. Diferentes tipos de fiambres, ¿eh?

¿Y ahora?

"Es un pub. El Venus Arms. Organiza una de esas noches de karaoke con disfraces que parecen estar de moda últimamente".

"Oh, creo que acabo de conocer a una de las camareras", dijo.

¿Estaba buena?

"Sí, lo estaba. Era francesa".

Ooh la la, ¿eh? ¿Quizá podamos ir allí cuando abran? ¿Cantar un poco?

Sarah hizo una mueca.

Tengo una voz horrible, dijo. "No sé cantar ni bailar. Soy pura patria".

Sabes, el Club Gabriel solía tener noches de chicas. De hecho, yo mismo trabajé allí en una época".

"¿En serio? ¿Te apetece darme una muestra de tu número?", dijo Sarah.

Se sentó en el sofá y abrió las piernas.

Robert empezó a bailar entre sus piernas.

Sarah soltó una risita.

"Supongo que el striptease no te ha durado mucho", dijo Sarah.

¿Por qué dices eso?

Porque eres un bailarín de mierda, cariño.

Robert hizo un mohín y Sarah se rió.

No te enfurruñes. De todos modos, soy una gran creyente en jugar con los puntos fuertes de cada uno. Ven aquí y échame un polvo", dijo.

Robert se tomó una Viagra y la regó con su cerveza.

"Nuestro objetivo es complacer", dijo.

Bueno, asegúrate de dar en el blanco", dijo Sarah.

———

Aunque Alex Alexander era aparentemente un abogado al rojo vivo, todo lo demás en él era beige. Su piel teñida de nicotina, su traje, la decoración de su despacho e incluso el tono de su voz, que era tan soporífero que Sarah casi se quedaba dormida mientras él le repetía lo escasas que eran las posibilidades de que desplumara a su marido si se divorciaban.

Es por el acuerdo prenupcial que firmaste", dijo Alex, mirando por encima de sus gafas de pasta.

"Esa maldita cosa. La verdad es que nunca lo he leído", dijo Sarah.

Bostezó.

"Pues deberías haberlo hecho. Quizá si hubieras prestado más atención a su contenido, verías que permite la infidelidad ocasional. De ambas partes, debo añadir".

¿Qué? ¿Está bien engañar a tu cónyuge? Eso no puede ser legalmente vinculante, ¿verdad? ¿Se sostendría ante un tribunal?

Alex se encogió de hombros.

"Puede que no", dijo. Pero, ¿de verdad quieres arriesgarte a probarlo ante un tribunal?

Sarah miró por la ventana del despacho. El día se estaba convirtiendo en noche.

¿Dónde está exactamente tu marido en este momento? dijo Alex.

"Está en Polonia, en una especie de festival de cinematografía, aunque conociéndole estará visitando todos los burdeles que pueda".

Quizá podamos negociar un acuerdo con él. ¿Un pago de buena voluntad, por ejemplo?

Julian es un productor de cine. No tiene ni un gramo de buena voluntad", dijo Sarah.

"Bueno, ¿qué vas a hacer?", dijo él.

No lo sé, pero tendré que pensar en algo", dijo Sarah. El hombre me está asfixiando".

———

Este sitio es muy, muy kitsch. Parece sacado de una serie de televisión de los ochenta, como Corrupción en Miami", dijo Sarah.

No lo sé. Ni siquiera nací en los ochenta", dijo Robert, encogiéndose de hombros.

Sarah hizo una mueca.

El Venus Arms estaba abarrotado de ruidosos grupos de City Boys impetuosos y jovencitas con poca ropa. El DJ, medio borracho, ponía "Pokerface" de Lady Ga Ga mientras una rubia escultural, que sólo llevaba un par de alas de ángel, intentaba cantar con ella.

Sarah se sentó en un gran sofá negro entre Robert y Lena, que vestía un hábito de monja de cuero rojo con un pentagrama dorado colgando de una cadena en el cuello. El tema del karaoke de esta noche era diablos y ángeles. Arrancando la etiqueta de su botella de cerveza, Sarah se acercó para oír hablar a Lena.

Esa es Marjorie, la dueña. Se supone que es una completa psicópata -dijo Lena, señalando con la cabeza a una mujer alta con un traje de negocios oscuro. Estaba abrazando a dos pequeñas asiáticas vestidas de monjas y las apretaba con fuerza. Se rieron. Dicen que asesinó a su marido, que era cura o algo así. Aunque, para ser sincera, hasta ahora ha sido muy amable conmigo.

"Parece un poco aterradora", dijo Sarah.

"He oído muchos rumores... cotilleos", dijo Lena.

¿Es seguro trabajar con ella?

Lena se encogió de hombros.

No me da problemas y el trabajo está bien pagado. Ahora mismo no tengo muchas opciones".

¿Problemas de dinero?

Más que eso, pero sí, tenía un negocio que quebró y todavía debo una fortuna. Hoy en día acepto cualquier trabajo. No estoy cualificada para mucho más".

Sarah palmeó la mano de Lena. La acarició.

"Sé lo que es sentirse atrapada", dijo Sarah. ¿Cuál era tu negocio?

"Dirigía una pequeña empresa vinícola en Francia con mi ex marido. Mi marido tomó algunas decisiones arriesgadas y... bueno... aquí estoy".

Probablemente tenga algunas botellas de su vino en casa. Mi marido tiene una colección enorme. Es su orgullo y alegría, la verdad sea dicha. Incluso guarda copias raras de algunos de ellos en una caja fuerte. Dice que valen una fortuna, aunque no sé por qué. A saber qué más guarda ahí.

"Interesante", dijo Lena.

Robert bostezó.

Bueno, señoras, creo que pronto tendré que amarlas y dejarlas. Tengo una audición para un papel en la nueva película de Jack Reacher", dijo. Tendré que mantener la cabeza despejada".

Lena sonrió con satisfacción.

No te preocupes. Creo que puedo vigilar a Sarah", dijo.

Estoy seguro de que puedes", dijo Robert, sonriendo.

———

En algún momento de la noche, Sarah se despertó en su cama, sudando frío y sin recordar cómo había llegado hasta allí. Lena, desnuda, fumaba y miraba por la ventana del dormitorio. La punta del cigarrillo brillaba con un rojo intenso y luego se volvía negra. Sarah se quedó dormida.

Por la mañana, cuando el sol se colaba por las persianas, Sarah se despertó y vio que Lena se había ido. Sobre la cama, vio una servilleta. Escrito con pintalabios rojo, había un número de teléfono y la frase "Hablemos del plan".

Se duchó, se vistió y salió a desayunar. Había un restaurante grasiento cerca y Sarah estaba segura de que era lo que necesitaba para aliviar la resaca.

En el Sunshine Café hacía un calor sofocante y estaba abarrotado. Detrás del mostrador, un apuesto joven italiano servía té en vasos de media pinta a un par de diminutos motoristas. Un sistema de sonido que era el doble de grande que ellos emitía "Firestarter" de The Prodigy desde un par de roncos altavoces. Sarah observaba cómo salían chorros de vapor de su café turbio mientras los recuerdos de la noche anterior burbujeaban como burbujas de champán. Sarah repasó las conversaciones de borrachos de la noche anterior. Habían empezado hablando de películas. Lena era una gran fan de Alfred Hitchcock, así que habían empezado a ver "Extraños en un tren". Sarah se había quejado de Julian y Lena se había quejado de su marido. Y luego se dirigieron hacia el olvido como agua de fregar por un desagüe.

"¿Está lista para desayunar, señorita?", dijo el italiano mientras rellenaba la taza de Sarah.

"Sí, creo que sí", dijo Sarah.

Se lo prepararé", dijo él. Marchando un inglés completo".

Limpió una mesa de formica y se fue detrás del mostrador.

El teléfono de Sarah zumbó. Esperaba que fuera de Lena, pero solo era de Julian. Su estómago rugió y no sólo de hambre.

———

Ya ves, el noventa y nueve por ciento de la raza humana sólo está aquí para hacer números -dijo Julian Saint Cloud, con voz manchada de nicotina y rebosante de brandy. Era un hombre elegante y apuesto de unos cuarenta años. Fumaba con indiferencia un gran puro, cuyos anillos de humo flotaban sobre su cabeza como un halo o una corona de espinas. La mayoría de la gente no es más que carne de cañón. ¿No le parece?

Estaba sentado detrás de su gran escritorio de caoba, en su despacho del Soho revestido de caoba.

Lena se rió. Sarah había acordado que se encontraran bajo la premisa de que Lena era guionista, aunque tenían un motivo oculto mucho más turbio.

"Eres cruel. Pareces Harry Lime en El tercer hombre", dijo.

"Vaya, sí que conoces la historia del cine", dijo Julian.

Sí, me encanta el cine negro y Hitchcock, aunque mi película favorita es Les Diaboliques", dijo ella.

¿Y también produces tu propio vino?

Sí, bueno, es del viñedo de mi padre. ¿Quieres probarlo?

Julian se lamió los labios cuando Lena le tendió la bebida envenenada. Olfateó y puso cara de asco. Se bebió el vino de un trago e hizo una mueca.

"¿Qué te parece?", dijo Lena.

Mmmm... oh, la verdad es que parece... un zumo de supermercado. No es... lo que... esperaba.

"La vida está llena de sorpresas agridulces", dijo Lena.

Julian no podía estar ni de acuerdo ni en desacuerdo. No podía decir nada ni moverse.

Se dio cuenta de que estaba paralizado. En el sillón de roble y cuero era como un insecto atrapado en ámbar.

Lena sacó su smartphone y tocó la pantalla. Sarah contestó con el corazón en la boca.

"¿Funcionó?", dijo Sarah.

"Sí, cariño", dijo Lena. Cayó en la trampa. En unos momentos todos tus problemas habrán desaparecido y serás mucho más rica. Y sí, este podría ser el comienzo de una bonita amistad'.

Julian se esforzó por moverse, pero fue en vano. Cuando el reloj dio las doce, la habitación se iluminó con fuegos artificiales. Los ojos de Lena parecieron brillar con un rojo intenso y luego todo se volvió negro.

DEBIDO A LA NOCHE

LOS PASOS de Sebastian Crockford resonaban al cruzar el oxidado puente metálico del ferrocarril. Una niebla acerada se había extendido por Seatown y ya no podía ver los trenes que se arrastraban lentamente por debajo de él, aunque sí podía oírlos. Parecían chirriar y gemir. Bajó con cuidado los escalones y se detuvo al pie para orientarse. A lo largo de Lothian Road, las manchas de las farolas se perdían en la distancia.

Crockford se dirigió hacia la calle adoquinada, pasando junto a las hileras de casas adosadas parcialmente derruidas que parecían dientes rotos a la luz mortecina. Casi pudo distinguir una radio que emitía el último episodio de "Hello Cheeky". Era el programa de humor favorito de su mujer y sólo pensar en ella le hacía hervir la sangre. Crockford apretó los dientes y aceleró el paso.

Había estado bebiendo sidra con algunos de los viejos en una de las paradas de autobús cercanas al cementerio. Uno de ellos -Barky- era un ex prisionero de guerra que, según decían, sufría neurosis de guerra. Cuando mezclaba las ayuditas de mamá que le había dado el curandero con sidra inglesa, Barky podía ser un viejo loco bastante divertido, pero a veces se enfrascaba en cantar una y otra vez las canciones de su infancia. La

113

interpretación de esta noche de "There'll Be Bluebirds Over the White Cliffs of Dover" había dejado mucho que desear. Había sido como meter los dedos en una pizarra, así que, cuando se acabó la bebida gratis, Crockford se largó a toda prisa.

Mientras bajaba por Merry Street, Crockford pudo oír un gruñido. Aunque no podía verla en la oscuridad, sabía que Gertie Lark estaría en la puerta de su casa vestida con su delantal floreado manchado, un par de tijeras oxidadas en las manos y su perro a su lado. La tía de su mujer se había hecho peluquera durante la guerra, ya que todos los peluqueros locales habían sido llamados a filas, e incluso había seguido ejerciendo durante un tiempo después de que se declarara la paz. Aun así, cada noche, lloviera o hiciera sol, Gertie se quedaba en su escalera esperando a que su marido Wally volviera a casa, a pesar de que habían pasado más de veinticinco años desde que terminó la guerra y seguía sin haber rastro de él. Boudica, su rottweiler, siempre estaba a su lado y la perra odiaba a Crockford. Toda la familia le despreciaba, estaba seguro. Nunca apreciaron su talento.

murmuró Crockford para sí. Gertie era una vieja loca, pero en lo que a él respectaba, toda la familia Lark estaba chiflada. Algunos culpaban a los bombardeos de Seatown durante la Segunda Guerra Mundial, pero él no sabía nada de eso. Sólo lamentaba haberse casado con aquella estirpe de chiflados. Cuando pensaba en Marjorie, el ácido de su estómago gorgoteaba. Ella nunca había apreciado su escritura, sus sueños. Sus esperanzas. Ella nunca vio cómo su trabajo en la fábrica Siemens lo estaba aplastando. Había intentado que lo entendiera, pero la maldita mujer no escuchaba por mucho que él gritara. Su novela sería grande, de eso estaba seguro. Pero lo único que le importaba a Marjorie era jugar a los malditos billetes y tener un maldito bebé.

Empezó a llover justo cuando Crockford abrió la

puerta del Shaggy Dog. El mal ventilado pub era cálido y acogedor. Olía a pasteles de carne, cerveza y humo de pipa. Sus colores marrones y rojos eran relajantes. El pub estaba casi vacío, probablemente debido a la combinación de la niebla y el inminente apagón, que ocurriría sin previo aviso como todas las noches. La maldita huelga de mineros estaba pasando factura, eso estaba claro. Crockford pensaba que los cabrones inútiles deberían buscarse otro trabajo si no les gustaba el que ya tenían, pero normalmente se guardaba esa opinión para sí. La mayoría de los idiotas de Seatown no compartían su opinión.

Se quitó la gorra y la bufanda. Alice, la enorme propietaria del bar, estaba de pie detrás de la barra con las manos en las caderas. Llevaba el cabello recogido en una colmena rosa y un vestido rosa brillante.

Muy bien, Alice. ¿Vas a ir al Rialto más tarde?", dijo Crockford.

Sí, dijo Alice. "Como siempre. Me he puesto mis zapatos de baile".

Levantó una pierna rosa brillante para mostrar un zapato rosa brillante.

Muy glamuroso", dijo Crockford con una mueca de desprecio que Alice no percibió.

Se miró en el espejo esmerilado que colgaba detrás de la barra. Se alisó el flequillo cuando Cormac, el marido de Alice, salió del snug con una bandeja llena de vasos de chupito vacíos. Tenía el cabello ralo engominado con Brylcreem y la camisa blanca pegada a la piel por el sudor. Respiraba con dificultad.

¿Lo de siempre?", jadeó Cormac.

"Sí", dijo Crockford. No hay ningún cambio.

Cormac sirvió una pinta de bitter y Crockford se relamió.

"¿Me la pones a la cuenta?", dijo Crockford, sonriendo. Te pagaré cuando gane la quiniela".

"Así será", dijo Cormac, haciendo una mueca. Extendió la palma de la mano.

Crockford pagó su cerveza y la llevó al bar.

Había dos viejos sentados allí. Ambos fumaban en pipa y jugaban al dominó. Eric Ruby era un pintor y decorador que siempre parecía al borde de un ataque al corazón, y Big Bill Lark, el suegro de Crockford, era un policía jubilado. Sus pobladas cejas se juntaban en medio de la frente y le daban un aspecto permanentemente confuso, pero era tan afilado como una navaja de afeitar y siempre inquietaba a Crockford.

"¿Cómo va eso?", dijo Crockford.

Se sentó.

Nada mal. No hay que quejarse. Eric ha estado en Londres, dijo Bill.

Oh, sí, dijo Crockford. Qué bonito. ¿Viste a la Reina?

'Casi, maldita sea', dijo Eric, sonriendo. Allí no se distingue a los chicos de las chicas. Dicen que toda esa moda del glam rock se va a poner de moda aquí más pronto que tarde, ¡pero espero que no! Mi mujer ya se gasta bastante en rímel como para que yo le eche una mano".

Todos se rieron.

Las cosas cambian", dijo Bill, encogiéndose de hombros.

Crockford frunció el ceño.

Sí, pero no siempre para mejor", dijo Crockford.

Tal vez. Pero no daría marcha atrás al maldito reloj, te lo aseguro. Viví tiempos muy duros. Dos guerras mundiales y la depresión no fueron un barril de risas, te lo aseguro".

Se quedó pensativo un momento.

"Por cierto, ¿cómo está Marjorie?", dijo Bill. Hace semanas que no la veo ni un pelo'.

El estómago de Crockford gorgoteó.

No ha estado bien', dijo. "Problemas de mujeres, otra vez, ¿sabes cómo son?

Bill miró a Crockford.

"¿Es eso cierto?" dijo Bill.

Sí', dijo Crockford. 'Siempre hay algo malo con esa mujer en estos días'.

Y entonces todo se volvió negro.

———

El reverendo Harry Bones rezó una última oración y vació la caja de la colecta. Se metió el dinero en los bolsillos del abrigo y cogió su maleta justo cuando se apagaron las luces de la iglesia.

Maldición", dijo al golpearse una pierna con uno de los bancos.

Se dirigió furtivamente a la entrada de la iglesia, abrió la puerta principal y salió a Lothian Road. Estaba más oscuro que nunca. Podía oír una sirena de niebla rugiendo sobre el cabo y apenas divisar las vigas del faro. No parecía haber ni un alma. Harry cerró la Iglesia del Nazareno, suspiró y bajó a la calle. Sentía como si le hubieran quitado un gran peso de encima, pero le habían puesto otro aún mayor. Miró el reloj y aceleró el paso. El tren llegaría a la estación a medianoche y esperaba que Marjorie también estuviera allí.

———

Me voy al baño de los niños', dijo Eric. Espero que no me vuelvan a pillar con las manos cortas". Se rió entre dientes y siguió el camino de velas parpadeantes que conducía a los aseos del bar.

Sólo había una vela encendida. Crockford cogió los restos del ron de Eric y los vertió en su cerveza. Esperaba que su suegro no lo hubiera visto.

Bill tosió.

"Has oído que Benny Trout está buscando un ayudante de carnicero", dijo Bill.

'Oh, sí', dijo Crockford.

Su estómago gorgoteó.

'¿No te apetece, entonces?' dijo Bill. El trabajo es el trabajo, ¿sabes? Podría ser una oportunidad de oro'.

Todavía estoy enfermo, ¿no?", dijo Crockford. Y, de todos modos, estoy demasiado ocupado trabajando en mi novela'.

Bill soltó una carcajada y Crockford sintió que su ira estaba a punto de estallar. Terminó su bebida y se levantó tambaleándose.

"Bueno, me voy al nido de serpientes", dijo Crockford.

Saluda a nuestra Marjorie de mi parte', dijo Bill.

Desde luego que lo haré -dijo Crockford, empujando a Eric cuando se marchaba.

———

Marjorie Crockford se alegró de haber terminado de teñirse el cabello antes del apagón, pues sólo le quedaba una vela y no quería desperdiciarla. Se había quedado sin ellas el día anterior y todas las tiendas de Lothian Road las habían agotado debido a los cortes de electricidad. También había tenido suerte de conseguir el último bote de agua oxigenada de la farmacia. Un nuevo look era justo lo que necesitaba para este nuevo capítulo de su vida. Su marido odiaría el nuevo peinado, estaba segura. Le diría que se parecía a Myra Hindley o algo igual de poco favorecedor. No es que él tuviera la oportunidad de verlo.

Marjorie había estado escuchando "Hello Cheeky" en Radio 2 cuando, para su suerte, las pilas de su radio de transistores se habían agotado. Ahora sólo oía el tic-tac del reloj de pie. Se sirvió otra copa de jerez dulce, se sentó en el sofá y esperó a que su marido volviera del pub.

La puerta de Crockford se atascó al intentar abrirla, pero él la golpeó con el hombro y la empujó. Su vejiga estaba a punto de estallar, así que corrió al salón, atravesó la cocina y salió al patio trasero, donde estaba el retrete. Maldijo mientras golpeaba la puerta de la carbonera. Entonces Marjorie oyó el chirrido de la puerta del retrete al abrirse. Sonrió. Crockford no se había dado cuenta de que estaba sentada en el sofá. Probablemente esperaba que estuviera en la cama, esperándole, como de costumbre. Pero esta noche iba a ser cualquier cosa menos habitual.

El reloj dio las once y Marjorie oyó que llamaban a la puerta. Se levantó y dejó entrar a su tía Gertie.

"¿Todo listo, pétalo?" dijo Gertie.

'Sí', dijo Marjorie. Es ahora o nunca.

Se ató la bufanda de cachemira que el reverendo Bones le había regalado alrededor del cuello magullado y entró en la cocina. Gertie la siguió.

Gertie estaba de pie detrás de la puerta de la cocina sosteniendo su navaja de afeitar. Marjorie contuvo la respiración al oír la cisterna del retrete. Crockford entró tambaleándose en la cocina en el mismo momento en que terminaba el apagón y volvían a encenderse las luces de la cocina.

Se protegió los ojos del cegador resplandor.

"Joder", dijo. Qué demonios...

Marjorie golpeó una sartén contra la cabeza de Crockford y éste cayó de rodillas, gimiendo. Lo golpeó de nuevo y Gertie se movió rápidamente, agarrándole el cabello, dando un rodeo y cortando la garganta de Crockford. Lo empujó hacia el suelo cubierto de lona.

Marjorie se quitó el mono salpicado de sangre y lo metió en la maleta. Se puso el abrigo y se lo abrochó, pero seguía temblando.

"¿Estás bien para arreglar este desastre?", dijo Marjorie.

Sí -dijo Gertie-. No es nada que no haya hecho antes, ¿eh? Tengo suficiente alambre para atarlo bien. Cuando lo tire al mar, el alambre lo cortará en rodajas y los peces acabarán con él. Ya lo sabes, ¿eh?

A Marjorie se le revolvió el estómago.

"Será mejor que me vaya", dijo.

———

Los faros del tren con destino a Londres atravesaron la niebla al entrar en la estación. Marjorie pudo ver al reverendo Bones sonriendo mientras caminaba hacia él. Nunca se había acostumbrado a llamarle Harry -después de todo, le conocía desde que era una niña-, pero esperaba que eso cambiara cuando nacieran los gemelos. Sonó una sirena de niebla y Marjorie se estremeció. Harry cerró los ojos y rezó en silencio.

"Un nuevo comienzo, ¿eh?", dijo mientras le quitaba la maleta a Marjorie.

Eso espero, reverendo -dijo Marjorie, aliviada por haber traído la navaja de afeitar de su tía, por si acaso.

EL HOMBRE DE ESPERANTO

ESTÁS *en el barrio del distrito Esperanto de Varsovia, escondiéndote de un hombre obscenamente grande, con cabeza de bala y un bate de béisbol. En un horno de pizza.*

Y, parafraseando al cantante David Byrne, te preguntas: "¿Cómo demonios he llegado hasta aquí?"

Sir Arthur Conan Doyle describió una vez Londres como "un gran pozo negro al que inevitablemente se ven arrastrados los restos y desechos de la vida", y lo mismo podría decirse razonablemente del mundo de la enseñanza de TEFL. A un profesor de inglés como lengua extranjera se le suele describir como restos de naufragio -quizá un joven de cara nueva que se toma un descanso de la universidad- o restos de naufragio -un hombre de mediana edad con el inevitable problema de la bebida y suficientes esqueletos en su armario como para mantener contento a un paleontólogo durante meses-.

Y, no lo voy a ocultar, yo encajo perfectamente en esta última categoría.

De ahí que yo, tres meses antes, con resaca, en la parte de atrás de un taxi empapado de desodorante que se precipitaba -como la nave Enterprise en factor Warp 9- por la avenida Juan Pablo II de Varsovia, a través de la constelación de carteles de neón que señalaban los

121

sex-shops, los pubs abiertos las veinticuatro horas y las tiendas de kebab.

Cuando murió el Papa, toda la calle estaba llena de velas en homenaje, me dijo el taxista, casi lloroso.

"Uh huh", respondí, mientras luchaba contra la bilis acre que me quemaba la garganta.

Antes de llegar a Varsovia, había oído historias sobre los "conductores nocturnos", jóvenes drogados con anfetamina que cada medianoche se ataban al cuello y a los frenos de los coches un hilo de pescar y corrían de un extremo a otro de la ciudad. Cuando vi las marcas de corte en el cuello del taxista y sus ojos rojos, rojos. No tenía exactamente el anillo Colgate de confianza.

Me sentí aliviado cuando, minutos después, nos detuvimos frente al Palacio de la Cultura y la Ciencia, el indeseado regalo neoclásico de Joe Stalin al pueblo de Varsovia.

Saqué un puñado de billetes del bolsillo y se los metí en la mano al conductor antes de correr a vomitar a los aseos.

"Fuera lo viejo, dentro lo nuevo", dijo desde el cubículo contiguo una voz chillona y bien hablada. Todos estamos en la cuneta, pero algunos lo miramos a través del fondo de un buen vaso de gin-tonic".

El caso es que hay gente que detesta este lugar", dijo Sean Bradley, señalando el Kafe Kulturalna de The Palace, "los lugareños lo llaman el pastel de bodas ruso". Y, en efecto, eso es lo que parece: una tarta de boda colocada en medio de la carretera". Sean era un borracho, apuesto y manchado de nicotina que complementaba su enseñanza con el ajedrez. Era uno de los pocos expatriados a los que les gustaba su país de exilio, ya que la mayoría se quejaba de que todo fuera tan extranjero. ¿Yo? Era un lugar tan bueno como cualquier otro.

Es una vieja canción, ¿verdad?", decía Konrad, alias Flotsam, un canadiense de origen polaco, brillante y feliz, que estaba en Varsovia buscando sus raíces. Con la ayuda del dinero de su familia, por supuesto.

Tal vez...

Estoy seguro de que sí. Alguien dejó un pastel en la carretera", cantó.

Realmente no estaba muy seguro de si estaba bromeando o no. Konrad era tan brillante como una bombilla de dos vatios o un gran meón. Me limité a ignorarlo y a contemplar el interior del Kafe antes de pasar invariablemente por la pinta de no retorno.

La conocí un lunes y, aunque no se me paró el corazón, me dio un vuelco. Alta y con una larga melena negra, entró en el bar como una bandada de cuervos, envuelta en bufandas y con una larga gabardina negra que se agitaba con la brisa.

"Ding dong", dije a lo Leslie Phillips.

"Es Daria. Ten cuidado con ella", dijo Sean. Está casada con Bronek Malinowski. ¿Le conoces?

Sacudí la cabeza.

"El barón de la ropa de segunda mano", dijo Konrad.

¿Quién y qué? le dije.

Es un gángster de bajo nivel que hace que los polacos recojan la ropa donada que dejan fuera de las tiendas de caridad durante la noche, por ejemplo, en Londres o Dublín, y la envían de vuelta a Polonia para venderla. La verdad es que puedes conseguir ropa muy buena -dijo Sean, señalando la etiqueta de Hugo Boss de su chaqueta-.

"El único delito es que te pillen", dije encogiéndome de hombros.

"Sí, pero si una mariposa bate las alas en el bosque, un manco aplaude y se cae un árbol", dijo Konrad.

Le ignoré e intenté llamar la atención de Daria. No, en serio, es problemática", dijo Sean.

Me acerqué. ¿Quieres tomar algo? le dije.

Ella se dio la vuelta e intento enfocarme, como si estuviera mirando un cuadro de ojos mágicos. Sacudió

PAUL D. BRAZILL

la cabeza. Mejor no", dijo con un falso acento
transatlántico. Debería irme a la cama. Ya he bebido
bastante por una noche". Se acercó y me miró de arriba
abajo, como si estuviera decidiendo si comprar o no un
coche de segunda mano.

"Lo harás", dijo arrastrándome fuera del bar por la
corbata.

Alguien comentó una vez que la razón por la que
algo se convertía en un cliché era porque era cierto.
Ciertamente, ser pillado en la cama con una mujer
casada por su musculoso marido era un cliché sacado
directamente de "Confesiones de un compañero de
Plummer". Por desgracia para mí, también era cierto.

La ocurrencia de escapar a las cocinas de una
pizzería cercana y esconderme en uno de los hornos fue,
imagino, irrepetible. Pero en retrospectiva, originalidad,
probablemente no fue una de mis mejores ideas.

Así que, la puerta del horno se cierra de golpe y estás
seguro de que puedes oler a gas y ahora podrías preguntarte
razonablemente: ¿cómo coño salgo de aquí? Y la respuesta
probable es que no.

EN LA FRÍA, FRÍA NOCHE

EL RONRONEO de un coche que pasaba se convirtió en rugido cuando Bruce Cooper blandió el martillo y aplastó los sesos de Billy Kipper sobre la mugrienta moqueta del piso, produciendo una prueba de Rorschach más que aceptable, las manchas de sangre parecían negras a la luz mortecina de su piso. Por la ventana manchada, Bruce vio una matanza de cuervos que atravesaba la noche. En algún lugar a lo lejos, las sirenas gritaban y las campanas de una iglesia resonaban.

A pesar de sus muchos delitos y faltas, Bruce nunca había pensado que sería el tipo de persona que mataría a un hombre, pero con el cadáver ensangrentado mirándole fijamente, bueno, realmente no tenía ninguna duda de que era exactamente el tipo de persona que era. También habría sorprendido a la anterior encarnación de Bruce la poca emoción que sentía ahora por el asesinato: ni vergüenza, ni culpa, ni miedo, ni... horror. Sólo una molesta sensación de incomodidad, como un empaste dental suelto o un agujero en el calcetín.

Echó un vistazo al sucio piso y encontró una mugrienta alfombra persa que colocó sobre el cadáver. Los pies aún asomaban por la parte inferior de la alfombra y el cabello decolorado le sobresalía por la parte superior, así que Bruce los cubrió con unas bolsas de plástico y decidió que por el momento sería suficiente.

Se acercó al fregadero agrietado y se lavó la sangre de las manos y la cara con las gotas del grifo que goteaba. Se miró la cara en el espejo agrietado por la telaraña y no vio ningún cambio en el hombre que había visto cuando se afeitó la noche anterior. Seguía siendo un maldito bastardo bien parecido. Sonrió.

Bruce encontró unas toallitas de papel y se secó lo mejor que pudo. Miró el cuerpo de Kipper y decidió ocuparse de ese pequeño problema más tarde. Realmente no tenía energía en ese momento. Necesitaba beber algo. Buscó en el bolsillo de Kipper el dinero que pudo encontrar y salió del piso.

La calle principal estaba prácticamente desierta debido al cierre. Bruce se puso las Ray-Ban y se tapó la boca con la bufanda de cachemira. Oyó una voz áspera y manchada de nicotina:

"Muy bien, Bruce, me sorprende verte levantado tan temprano".

Bruce se volvió.

Hanna McGee estaba sonriendo al otro lado de la calle. Llevaba una bata rosa y dos bolsas de Lidl llenas y rebosantes.

"Buenos días, Hanna. Sí, tuve una sesión un poco pesada anoche y estoy saliendo para abrir un poco los ojos en The Blue Posts". De hecho, era cierto, aunque Bruce se olvidó de mencionar que la borrachera había acabado en asesinato.

Hanna negó con la cabeza.

"Hasta luego", dijo. Caminó por la calle vacía mirando de vez en cuando a Bruce.

Por primera vez desde que mató a Kipper, Bruce empezó a sentirse incómodo. Hanna era una cotilla pueblerina totalmente cualificada. Seguro que ahora estaba husmeando a su alrededor. Las mujeres como ella eran sabuesos trufados de problemas.

Cruzó la calle y dobló la esquina hacia el callejón donde estaba The Blue Posts. Bruce comprobó sus guantes de cuero negro y se quitó las manchas de sangre. Abrió la puerta del pub y entró. El antro estaba casi vacío. La mayoría de los clientes estaban sentados en mesas diferentes entre sí. Todos llevaban guantes y algunos, máscaras de cirujano. Un par de viejos empapadores de aspecto familiar apuntalaban la esquina de la barra, como habían hecho desde que Dios era un chaval.

"¿Qué desea, señor?", dijo el enorme camarero polaco.

Bruce suspiró. Las ópticas de detrás de la barra brillaban tentadoras, pero él las ignoró y pidió media pinta de Guinness. Hoy necesitaría despejarse.

La música del bar pasó de la soporífera música clásica al alegre jazz tradicional cuando Quentin Welles se sentó en el taburete junto a Bruce. Apenas practicaba el distanciamiento social. Bruce bebió un sorbo de Guinness mientras Welles engullía media pinta de cerveza fuerte. Hizo un gesto al camarero para que le sirviera otra copa.

"Es ridículo que todavía no vendan pintas aquí", dijo Welles.

"Es la tradición", dijo Bruce. Ha sido así desde la guerra, cuando un tipo francés era el dueño".

"Bueno, como la mayoría de las tradiciones, es una estupidez. La tradición no es más que la presión de los muertos".

Bruce se encogió de hombros. El camarero puso la bebida de Welles en la barra y el hombre grande le dio un sorbo.

Apuesto a que quieres saber sobre esto", dijo Welles. Dio un golpecito a la bala oxidada que llevaba colgada del cuello.

"Sí", dijo Bruce, cansado. Estoy desesperado.

De acuerdo. Bueno, esta historia en particular se remonta a la Primera Guerra Mundial. 1916, para ser precisos. La Batalla del Somme, de hecho, cuando a un soldado bávaro le dispararon en una de sus pelotas. El nombre de ese soldado en particular, por supuesto, era Adolf Hitler, de ahí la popular canción de la Segunda Guerra Mundial "Hitler sólo tiene una bola".

Se rió entre dientes. Bruce forzó una sonrisa.

¿Y dices que ésa es la bala en cuestión?

Así es. Pero hay algo más en la historia".

Terminó su copa y pidió otra con un gesto.

¿Puedo confirmar que tú pagas la cuenta?", dijo Welles.

Sí, si quieres -dijo Bruce, palmeándose instintivamente el bolsillo de la cartera-.

"Tomemos un Jim Beam con eso", le dijo Welles al camarero. Bruce se encogió de hombros.

"Adelante", dijo.

La bala que atravesó el escroto de Hitler acabó alojándose en el aparato reproductor de una enfermera bávara, que quedó embarazada de Adolf Hitler. Nueve meses más tarde, el niño nació, sin que el futuro Führer de Alemania lo supiera, ¡a pesar de haber proclamado que era virgen!

Bruce se desplomó en su silla.

"Es una completa y absoluta patraña", dijo. "Es una historia apócrifa. Creo que incluso se remonta a la sangrienta Guerra Civil americana".

Welles guiñó un ojo.

"Pero es una buena historia, ¿eh?", dijo.

Supongo que sí.

"¿Merece la pena un par de copas gratis?"

Oh, por qué diablos no. Pero ¿qué pasa con la bala? ¿Cuál es la verdadera historia detrás de ella?

Ah, bueno, es una historia un poco menos pintoresca, pero está lejos de ser mundana.

Se bebió su copa y Bruce señaló al camarero.

"Lo mismo para él y... un gin-tonic para mí", suspiró. Welles se relamió.

Fue en los ochenta. Todos yuppies, nuevos románticos y camisetas relajadas. Yo trabajaba para la administración pública. Teníamos una bonita oficina en Whitehall y un par de tabernas a la vuelta de la esquina. Teníamos horario flexible y cuentas de gastos y...".

Cerró los ojos y sonrió.

"Suena idílico", dijo Bruce.

"Lo era. O casi. Hasta que apareció ese maldito pájaro americano".

Bruce cerró los ojos. Empezaba a sentir la resaca y estaba dispuesto a salir corriendo, pero no quería llamar la atención. Hacer algo fuera de lo común. Así que, como de costumbre, se sentaría a escuchar las gilipolleces de Welles. Y trataría de no emborracharse y contarle a Welles sobre el asesinato. Pero, a medida que la tarde se fundía con la noche, Bruce se dirigía hacia el olvido ebrio como agua de fregar por un desagüe y sabía que, más valía prevenir que curar, tendría que matar de nuevo.

ESTE DÍA PERFECTO

BUENO, te diré algo a cambio de nada, realmente odio a Danny Blake, de verdad. Simplemente no puedo soportar al maldito tipo. Por otra parte, es una persona bastante fácil de odiar. Verás, Danny es un quejica. Una máquina de quejarse autocompasiva. Sus hombros tienen más fichas que un casino de Blackpool, ¿sabes? Así que, cuando el Gordo Tony dice que me pagará una tonelada por sacarle diez cubos de mierda al cabroncete, bueno, aprovecho la oportunidad. Es más un placer que una tarea, para ser honesto.

Ahora bien, cabría esperar que el gordo Tony tuviera más tolerancia con las costumbres de Danny, ya que son hermanastros y cosas por el estilo, pero, al igual que hace con casi todo el mundo que conozco, Danny le pone los dientes largos a Tony. Le pone de los nervios. Y, de todos modos, Danny le debe a Tony el Gordo un montón de dinero y Tony el Gordo es tan tacaño como gordo.

Ahora, esta no es exactamente la primera vez que alguien me ha pagado para golpear a alguien, eso es seguro. Ocurre a menudo porque, bueno, soy muy bueno en eso. Soy metódico, ya ves. No me precipito. Me tomo mi tiempo y hago el trabajo correctamente.

De hecho, normalmente me gusta observar a mis

objetivos un poco antes de hacer el trabajo sucio. Para comprobar sus hábitos y elegir el lugar y el momento adecuados. Pero Danny Blake es tan predecible como la mierda. Llueva o haga sol, está en la Taberna King John a las once y media el viernes por la noche porque es cuando Boyd, el propietario del pub, le da un par de pintas y un vodka gratis. Danny probablemente piensa que es porque Boyd le gusta, pero en realidad Boyd lo hace para vaciar el pub más rápido. Cuanto más cabreado está, más molesto es Danny, y es mucho más efectivo que un timbre de últimas órdenes, te lo aseguro.

Así que me siento en la terraza del pub, fumando un Silk Cut y bebiendo media pinta de Carling, esperando a que Danny salga tambaleándose del pub. Y lo hace, justo después de medianoche.

Lleva un traje púrpura de nylon que cruje a mi paso. Está con Peter Squirrel, un tipo pelirrojo y gordo que solía trabajar en el matadero. A Squirrel le tocó la lotería el año pasado y pasa la mayor parte del día emborrachándose como una puta cuba, como haría la mayoría de nosotros en su situación.

Danny casi escupe en el oído de Ardilla.

"No me gusta pensar que alguien está tratando de engañarme", dice Danny. "Que alguien me mee en la espalda y me dice que está lloviendo".

Me río entre dientes porque es lo único que le gusta a Danny. Le da una razón para guardar rencor. No es que lo necesite, si lo pienso bien.

Squirrel le dice algo a Danny y luego se tambalea hacia Kebabs de Keith. A Danny le prohíben la entrada, como a la mayoría de los locales de comida para llevar de la ciudad, así que sigue subiendo por Park Road. Se apoya en las contraventanas de metal manchadas de graffiti que cubren las ventanas de una inmobiliaria y empieza a mear, murmurando para sí mismo. Le alcanzo rápidamente. No se da cuenta de que estoy detrás de él y le doy un par de puñetazos en los riñones. Se tambalea y se golpea la cabeza contra las contraventanas. Suenan. Grita, lo agarro y lo tiro a la acera manchada de pis. Le doy patadas en los costados y en las pelotas.

Emite los quejidos y lamentos habituales, pero intento desconectar. Intento no escuchar. Le doy una patada en la boca, fuerte. Pero incluso cuando no oigo lo que dice, hay algo en los ojos de Danny Blake que me molesta hasta que sigo dándole patadas. Y entonces empiezo a darle pisotones en la cabeza.

No es hasta que me calmo que veo que Danny está muerto. Suspiro y miro a mi alrededor. Al menos no hay testigos. Espero que el Gordo Tony no se cabree. Alguna esperanza, eso sí.

———

Así que el Gordo Tony no está jodidamente contento.

"No estoy jodidamente feliz", dice.

No es que necesite decírselo. Ya ha tirado un plato de espaguetis a la boloñesa contra la pared de su despacho y ahora está golpeando con el puño su escritorio de imitación de caoba.

¿Buscaste el dinero en la cuenta de Danny?

"Sí, pero no llevaba nada encima", le digo. Estaba pelado".

Tony da un trago a su bebida. Últimamente bebe medio litro de Peppermint Schnapps. Se supone que está en la onda, y espera que si bebe Schnapps, Marie, su mujer, piense que se limpia mucho los dientes. Su oficina también huele a ambientador de menta, para aumentar el camuflaje. Por supuesto, Marie sabe que está bebiendo de nuevo, pero en realidad no le importa una mierda. Sólo quiere mantener a Tony alerta para que no se entere de que se está tirando a su prima, la gorda Anne. Es una red enredada, realmente lo es.

"¿Conseguiste las llaves de su casa?", dice.

"Sí, lo cacheé antes de llevar el cuerpo a la granja de Jed Brambles", le digo.

Jed Bramble es un criador de cerdos cuyo ganado tiene un gran apetito por los cadáveres. Seguro que se comen a Danny Blake en un santiamén.

"Tengo sus llaves, su cartera y su teléfono móvil", digo.

"Supongo que no hay nada en la cartera", dice Tony el Gordo.

"No hay mucho. Diez libras y un puñado de tarjetas de visita".

"¿Tarjetas de visita?", dice Tony el Gordo. ¿Para qué querría Danny Blake tarjetas de visita?

Me encojo de hombros.

"No tengo ni idea", digo. Parece que todas son tarjetas de agencias de viajes".

Bueno, será mejor que dejemos que ese pequeño misterio se resuelva solo. Date una vuelta por la casa de Danny y echa un vistazo, ¿eh? Mira a ver si hay algo de valor, aunque la casualidad sería algo bueno".

"¿Tengo que hacerlo?", le digo. He estado despierto toda la noche. Estoy hecho polvo'.

Aunque nunca he estado en el piso de Danny Blake, tiene fama de ser una pocilga, y una visita allí no es precisamente la idea más atractiva.

Bostezo.

"Hazlo", dice Tony el Gordo. Y llévate a Meatloaf.

Oh, esto se pone cada vez mejor, pienso.

———

"Ya ves", dice Meatloaf. "Es la mente sobre la materia. Concéntrate. Visualización".

Meatloaf debe su apodo a su gran parecido con el difunto cantante de rock estadounidense, incluso cuando era niño. Pero hace unos años hizo la dieta

Atkins y ha perdido peso, así que el parecido ya no es tan evidente. Desde entonces se ha convertido en un evangelista de la dieta Atkins.

"Bueno, buena suerte", le digo.

No estoy de humor para los sermones de superación personal de Meatloaf. Estoy hecho polvo.

Estamos sentados en una furgoneta de correos mal ventilada que Meatloaf ha pedido prestada a uno de sus amigos. Apesta a pasteles de cerdo, bebidas energéticas y pedos. Meatloaf conduce desde que perdí el carné hace unos meses tras un incidente con una furgoneta de helados y una despedida de soltera que hacían la conga por York Road.

Meatloaf se salta un semáforo en rojo y empuja la maltrecha y traqueteante furgoneta hacia una de las oscuras calles que llevan a la calle Mayfair. Ninguna de las farolas funciona, por supuesto, pero hay un poco de luz procedente de alguna hoguera ocasional. Alrededor de las llamas parpadeantes se agolpan grupos de adolescentes salvajes que beben vodka ucraniano barato. La solitaria tienda de kebabs abierta es como un faro para los bebedores cansados. Meatloaf conduce despacio y con cuidado, pasando por delante de la oficina de correos, las tiendas y los pubs, atento a movimientos bruscos en las sombras. A través de la ventanilla veo cómo la noche se funde lentamente con el día.

Me quedo dormido unos minutos y me despierto de un tirón cuando la furgoneta se detiene.

"Hemos llegado", dice Meatloaf. "Calle Mayfair ".

Bostezo y me froto los ojos. Estamos delante de una peluquería cerrada llamada Curl Up and Dye. El escaparate y la puerta tienen persianas metálicas oxidadas.

"Creía que Danny vivía en un bloque de pisos", digo.

"Así es. Pero lleva seis meses de ocupa", dice Meatloaf.

Suspiro.

Sigamos", digo.

Cuando salimos de la furgoneta, empieza a llover. Me subo el cuello del abrigo.

Meatloaf se acerca a la puerta. Está cerrada con candado y el candado está oxidado. Lo hace sonar, pero no cede.

"Parece que esta puerta no se ha usado en años", dice.

"¿Te imaginas a Danny usando la puerta principal en cualquier sitio?", digo. "¿Dejando que la gente sepa dónde está?"

Sí. Lo convertiría en un blanco fácil. Por atrás, entonces.

Sí. Como ella dijo.

Caminamos hasta el final de la calle y giramos en la calle trasera. Está muy oscuro y huele a... bueno, huele a muchas cosas y ninguna de ellas es agradable.

Usamos nuestros smartphones como linternas.

¿Puedes recordar el número que buscamos? le digo.

Meatloaf gruñe.

"Sí, puedo", dice. Algunos prestamos atención a estas cosas".

Lo dejo pasar.

¿Quién es el dueño de esa peluquería? Le digo.

"Era uno de los locales de Tony", dice Meatloaf.

"¿Sí?", digo yo. ¿Cómo es que no lo sé?

Tony no te lo cuenta todo. Las cadenas de comida y todo eso.

Ignoro la burla y recuerdo que Meatloaf es casi tan molesto como Danny.

Entonces, ¿de quién es ahora? le digo.

El gobierno local se lo compró a Tony hace unos años".

'¿En serio?' Aunque no parece que hayan hecho nada con ella'.

Sí, ya me había dado cuenta", dice Meatloaf.

Se detiene delante de una puerta de madera manchada de graffiti.

Joder, aquí huele aún peor", digo.

Meatloaf saca un par de guantes de cuero negro de los bolsillos de su chaqueta.

Yo hago lo mismo.

Meatloaf intenta abrir el picaporte, pero la puerta está cerrada.

¿El pie o el hombro? le digo.

Pies", dice Meatloaf. Uno, dos, tres.

Los dos damos una patada a la puerta y se abre de golpe.

Las damas primero", dice Meatloaf.

Me muerdo la lengua y entro en el patio oscuro. Parece abarrotado de montones de sillas de comedor. Utilizo la linterna de mi teléfono para encontrar la puerta de la cocina. Pruebo la manilla y se abre. Busco a tientas el interruptor de la luz. Una tira de luz zumba y se enciende. La habitación está iluminada como una jaqueca. Y casi vacía. Casi es la palabra clave.

"Por el amor de Dios", dice Meatloaf, entrando en la cocina.

"Sí, eso no se ve todos los días", digo yo.

Hay un águila calva americana en medio de la habitación. Una de verdad. Muerta y disecada, sí, pero ahí está. Y no es que yo sea un experto en taxidermia, pero parece en muy buen estado.

Meatloaf se estremece y me acuerdo de su ornitofobia, su miedo a los pájaros.

"Vamos", dice, y camina por el oscuro pasillo. Entra en una habitación y enciende una luz.

Por el amor de Dios", dice.

Le sigo y me quedo boquiabierta. Está llena de peluches. Lleno de ellos. Hay un perro, un gato, un canguro, un babuino, un lobo y una pitón. Todos menos el canguro están en jaulas de cristal. Del techo cuelgan dos cernícalos disecados y una gaviota. Pero también hay personas disecadas en un sofá de cuero negro. Los reconozco como un par de drogadictos que solían merodear por la puerta de Booze n News intentando conseguir dinero a cambio de sidra barata.

Y entonces uno de ellos se mueve y Meatloaf grita.

———

Los cabezas huecas se mueven muy rápido, te lo aseguro. Uno de ellos me tira al suelo y el otro está rápidamente encima de Meatloaf, apuñalándome con un cuchillo Stanley. Le doy una patada a mi cabeza hueca antes de que pueda hacerme daño con la botella de cerveza rota que tiene en la mano. Cae sobre su compañero y sobre Meatloaf y todos se desploman en un montón. Luchan por ponerse en pie y es casi cómico. Y luego se levantan.

Ahora, no soy reacio a una pelea. Ni mucho menos. Me gusta usar mis puños, pies, codos, rodillas, cabeza. Tal vez un cuchillo o un destornillador. Me gusta acercarme. Ensuciarme las manos. No como esos yanquis blandos que se esconden detrás de sus armas. Pero las cosas cambian y todos tenemos que movernos con los tiempos, así que ahora llevo una Glock en una funda de tobillo.

Entonces, me inclino y la saco. No soy el mejor tirador, apenas la he usado, y sigo disparando hasta que los cabezas huecas caen al suelo. Me levanto y me acerco a ellos. Uno está muerto con toda seguridad -una bala le atravesó un ojo- y el otro se agarra la garganta mientras gorgotea sangre. Le disparo en la cabeza.

Veo que también le he dado a Meatloaf. En el hombro y en el estómago.

"Joder, ayúdame, gilipollas", dice.

Sonrío y me agacho. Le pongo la pistola en la boca y disparo.

"Cadenas de comida y todo eso", digo.

Me paso media hora registrando el piso antes de encontrar el dinero que Danny le debía a Tony. También encuentro mucho más dinero. Y joyas y drogas y pasaportes rusos. Y un AK47. Danny estaba metido en algo muy, muy chungo, eso seguro, y no sólo no sé lo que es, sino que no quiero saberlo.

Busco un par de bolsos y meto en ellos todo lo que puedo. Salgo de casa y camino hasta el final de la calle. La noche negra como la tinta se ha fundido en una mañana gris y mugrienta. La ciudad se está despertando y veo que las ventanas de las torres de granito empiezan a iluminarse, manchadas por la lluvia matinal.

Llamo al taxista Tariq y me fumo un cigarrillo mientras espero. Tariq llega en cinco minutos. Tariq es uno de los pocos amigos que me quedan en la ciudad, la verdad sea dicha.

Subo al taxi. Hace calor y huele a ambientador. Tariq está escuchando Grandes Éxitos de Queen, como siempre.

¿Adónde, colega?', me dice.

Estoy a punto de darle la dirección del Gordo Tony, pero me doy cuenta de que estoy demasiado hundido en la mierda como para salir oliendo a rosas.

Mejor llévame a la estación de tren", le digo.

Tariq arranca el coche.

¿Vas a algún sitio bonito?

"No estoy muy seguro, amigo", le digo. Pero será a algún sitio que no esté aquí, y eso me basta ahora mismo".

FIN

Querido lector,

Esperamos que hayas disfrutado leyendo *Balas Perdidas*.
Tómese un momento para dejar una reseña, incluso si es
breve. Tu opinión es importante para nosotros.

Atentamente,

Paul D. Brazill y el equipo de Next Chapter

ACERCA DEL AUTOR

Paul D Brazill nació en Inglaterra y vive en Polonia.
Entre sus libros figuran Guns Of Brixton, The Last
Laugh y Gumshoe Blues. Sus obras se han traducido al
polaco, italiano, alemán, esloveno y español. Ha
publicado artículos en diversas revistas y antologías,
entre ellas tres ediciones de THE MAMMOTH BOOK
OF BEST BRITISH CRIME.

Balas Perdidas
ISBN: 978-4-82417-736-0
Edición en rústica

Publicado por
Next Chapter
2-5-6 SANNO
SANNO BRIDGE
143-0023 Ota-Ku, Tokyo
+818035793528

9 abril 2023

Ingram Content Group UK Ltd.
Milton Keynes UK
UKHW041113050623
422887UK00004B/50